黒豹王の寵愛マーマレード

CROSS NOVELS

葵居ゆゆ
NOVEL:Yuyu Aoi

れの子
ILLUST:Renoko

CROSS NOVELS

CONTENTS

CROSS NOVELS

CONTENTS

黒豹王の寵愛マーマレード

The beloved Marmalade of the Black panther king

CROSS NOVELS

乾いた風が、リノの金色の髪を揺らした。

朝の風はまだ涼しいが、陽差しはすでに眩しい。刻一刻と太陽が上がっていくにつれ、「月の広場」の壁や石畳のところどころにはめ込まれた色タイルが鮮やかにきらめいた。

暑くなるのを見越して、商人たちは皆、長く日陰になる場所を選んで布を広げている。人気があるのは広場の東側、大きな門塔が影を落とすエリアか、中心の噴水の近くで観光客の目にとまりやすい場所だ。

街の中心からは外れるが、ここラナスルのめぼしい観光場所に行くのに便利な月の広場は、それなりに人通りが多く、商いをするには最適なのだ。

リノは我先にと場所取りを繰り広げる人々からは少し離れ、広場から八方に延びる道のひとつのそばで布を広げた。

すでに幾人かの観光客が、大通りから広場へと流れ込んできている。今日も、明け方に大陸から到着した船には、たくさんの旅行客が乗っていたようだ。

海峡を隔てたすぐ向こうに大陸を臨む街、ラナスルは、いわば玄関口だ。

大陸からシスリア人が攻めてきて、ベリア半島の半分を支配するカリフ王国を作るよりも前から、街道の終わりの街として栄えてきた。王国の中では南の辺境に位置しているが、王の滞在する城もあって、賑やかな街だった。昼ごろになれば、半島内部からの旅人たちもこの月の広場にやってくる。

旅行客は様々な外見と装いをしている。カリフ王国の宗主国《そうしゅこく》であるシスリア帝国の民だけでなく、対岸の大陸のあちこちから人々がやってくるからだ。

黒い服を着ている褐色の肌のシスリア人、緑や赤のカラフルな服を着たロカンの人々、茶色の巻き布をまとった砂漠の民たち。たいていの旅行客はラナスルで船旅の疲れを癒やしたあと、首都コリドや、その先にある別の国々をめざしてまた旅立っていく。

急ぎ足で広場を通りすぎていく、いかにも学者の格好をした男性を羨《うらや》ましく見送って、リノもほかの露天商にまじって声を張りあげた。

「さあさあ、見ていって！　カリフの豊かな土地でとれた果物だ、どれも甘いよ！」

露店、といっても麻布を石畳の上に広げただけの簡単なものだ。その上に杏《あんず》、葡萄《ぶどう》、オレンジを数個ずつ籠《かご》に入れて並べてある。

濃い色の杏やオレンジに引かれて客が足をとめればこっちのものだ。親子三人連れの客は身なりがよく、リノはすかさず、切っておいたオレンジを載《の》せた皿を差し出した。

「どうぞ、味見して。うちのオレンジはほんとに甘いから」

「ラナスルあたりのオレンジは苦いって聞いたんだが」

興味津々の小さな娘と違って、父親は警戒顔だ。リノは商売用の笑みを振りまいた。

「さすが、よくご存じだ！　でも、もちろんそのまま食べられるオレンジだって作ってますよ。なかには悪い店もあって、なにも知らない人に苦オレンジを売りつける輩もいるけど、うちはそんなことはしないから。ほら、食べてみて」

子供に向けて皿を差し出すと、おずおず取った彼女はオレンジを口に入れ、ぱっと顔を輝かせた。

「パパ、甘いわ！」

「そうでしょう。うちはね、苦いやつはジャムにしてるから、生で売ってるのは甘いオレンジだけなんだ」

もちろん嘘《うそ》だ。戻ってくることのない観光客相手なら、リノでも三個のうち一個は苦オレンジを混ぜておく。甘いオレンジの樹は少ないし、育てるのに時間がかかるのだ。

リノはにこにこしてみせながら後ろに置いていた陶器の瓶《びん》を出した。木で蓋《ふた》をした中には、蜂《はち》蜜《みつ》と苦オレンジで作ったジャムが入っている。

生では食べられないほど苦く、薬か香りづけにしか使えない苦オレンジでおいしいジャムを作るのは、母から教わった唯一の知恵だった。

すごく貴重なんですよ、と言いながら木匙《さじ》ですくって差し出せば、黒い帽子をかぶった妻が受け取ってくれた。

「あら、すごくおいしいわ！　オレンジを煮たのがこんなにおいしいなんて――これ、本当に苦オレンジで作っているの？」

「ええ、秘伝のレシピなんです。蜂蜜が貴重なのでジャムも高級品ですが、よろしければ一瓶いかがですか？」

「もらうわ、とってもおいしいもの」

銀貨五枚、と言っても彼女は躊躇《ちゅうちょ》することはなく、ついでに杏も買ってくれた。今日中に首都に向けて出発すると言うので、「じゃあ熟《う》れているやつにしますね」と言いつつ古い杏を選び、麻袋につめて渡し、愛想よく手を振って親子連れを見送った。

（今日はついてる。たいていの客は値段を聞くと要らないって言うのに）

苦オレンジのジャム――母が「マーマレード」と呼んでいた蜂蜜煮は、養父には内緒の商品だ。売り上げはこっそり貯めてあって、いつか北にあるイスパ王国の学園都市、トレーダに行く資金の足しにするつもりだった。

一目でいい、父に会ってみたい。

無意識にリノが金の髪に指を巻きつけたとき、あたりの空気がざわりと揺れた。普段の喧騒とは違う緊張感が漂い、なにごとかと見やると、東の門から黒豹《くろひょう》の顔を持つ男たちが数人、入ってくるところだった。

（貴族――！）

黒豹の頭部を持つのはシスリア人の貴族の特徴だ。貴族の全員が豹頭なわけではなく、身分の高い貴族や皇族の者の中で、男だけが豹頭なのだという。

宗主国の中でさえ特別な身分にある豹頭の男たちは、カリフ王国においては絶対的な権力者だ。

「おいおい、お貴族様がなんの気まぐれだ」

近くで露店を広げた男がぼやきながら、首に巻いていた布を目の下まで引き上げる。広場にいる地元の人間は、男も女もいっせいに布で顔を隠していて、リノも慌《あわ》ててそれに倣《なら》った。目立ってしまう金髪の頭も、しっかり布で覆う。

顔を隠すのは豹頭たちの目にとまらないようにするためだった。

彼らはその威圧的な風貌だけでなく、謎めいた得体の知れなさと、圧倒的な力でも恐れられている。彼らに犯されると男でも妊娠する身体に作り変えられてしまうという、本当かどうかわからない噂《うわさ》もあるほどだ。実際に百年ほど昔には大勢が男娼・娼婦として召し上げられ、子を孕《はら》むと無残に殺されたこともあったらしい。

もっとも、現在は豹頭の貴族たちは、丘の上にあるアルアミラ宮殿の中だけで暮らしていて、滅多に街には下りてこない。帝国からやってくる豹頭たちも、街には滞在せず、すぐに避暑地や首都に向かうので、リノたちが店をひらくような場所にはめったに入ってこない。見かけるのは稀だから、暑い中始終顔を覆っておく街の民はもういない。

だが、こうして彼らが近くに来ると、皆いっせいに顔を隠すのだった。本能的な恐怖と、異国からの支配者に対する反発心が交じりあった反応だ。

ぴたりと呼び込みの声がやみ、奇妙な静けさが流れる。店の者が顔を隠して声も出さないのは異様な光景だが、豹頭の男たちは気にする様子もなかった。露店に足をとめるでもなく、ただ鋭い目で広場を見渡すと、なにごとか囁《ささや》き交わして西へと抜けていった。

豹頭たちが姿を消すと、みんなため息をついて布を外す。

「最近じゃ全然見かけなかったのに、珍しいな」

「首都から新しい王様が来て丘の上に滞在してるんだろ。そのせいじゃないか」

微妙になった空気を払拭したいのか、近くの露天商の男たちの声は大きかった。

「なんだかやり手の王様らしいが。宗主国シスリア皇帝の、三男坊だか四男坊だかで」

「俺が聞いた話じゃ、ぼんやりしたろくでなしってことだったぞ。役立たずだからカリフにでも行ってこいって追い出されたって」

新王が即位したのはリノも知っているが、正直、興味はなかった。街に住むシスリア人は祝いの国旗をかかげていたが、リノたちのようにもともとこの土地に住んできた人間にとっては、攻め入って占領した国の王が代わっただけのことだ。せいぜい暴君でなければいい。

異国人に支配されたとはいっても、その統治はもう二百年以上も続いていて、誰にとっても今の状態が当たり前の世の中になっていた。戦争もないから、半島内部の小国地帯よりも平和なくらいで、住人たちは反発しながらも、シスリア人の統治を受け入れていた。

「リノはなにか聞いてないのか、オヤジさんから」

ふいに声をかけられて、リノは振り向いた。髭《ひげ》を生やした顔馴染の商人が、ひやかすような笑みを浮かべる。

「ボリバルは大商人のジバとも親しいだろ。ジバは貴族にも顔がきくから、新しい国王のこともなにか知ってるんじゃないか」

「――さあ。聞いてない」

リノはにやにや笑う男を睨《にら》み返した。

「あんたこそ、気になるなら自分の友達に聞けば？　貴族も出入りする高級娼館に友達がいるんだろ」

「俺はまあ、どんな王様の治世でもうまいことやるだけさ。でもおまえは気をつけないと。うっかり黒豹どもに目をつけられたら、女にされちまうぞ。なあビリー？」

「ああ、その金髪は豹頭にも珍しいだろうからな。ついでにその青い目ん玉も隠しておけよ」

おかしそうに隣の男と笑いあうのを、リノは無視した。

たしかに村では金髪も青い目もリノだけだが、ラナスルの街中なら、北や西から来た旅人にはリノのような容姿の者だっている。いちいち揶揄《からか》われる筋合いはない。

あんたたち、と近くにいた老婆が呆《あき》れた声で諫《いさ》めた。

「ちゃかすんじゃないよ。豹頭に目をつけられたら笑うどころじゃないんだ。あんたたちは知らないだろうけど、あたしの母の弟は、ほんとに男娼に召し上げられたんだから」

「うんざりするほど聞かされたから知ってるよ、男でも孕むんだろ」

髭面の男は半分も信用していないようで、それでも首の布で顔を隠してみせた。

「本当だったら困るからな。俺も黒豹どもが来たらこうやって顔を隠すさ」

「なにしろ頭が豹なんだ、なにをしでかすかわからないもんな」

笑いあう男たちは強がっているつもりなのかもしれないが、リノは一緒になって笑う気にはなれなかった。

シスリア人は好きではないけれど、老人たちのように毛嫌いしたり、男たちのように馬鹿にしたりしようとは思わない。自分に関わりの少ない貴族のことよりも、養父のボリバルのことと、会ったことのない本当の父親について考えるだけで精いっぱいだ。

(父さん。父さんはなぜ、母さんと一緒にいられなかったの。俺が生まれたことは知ってる？

――母さんのことは、愛してた？)

父に会えたら、聞きたいことはいくつもある。

せめて、一日でも早くあの村を出たい。生まれ育った村なのに、居心地がいいとは思えない場所を出て、自由になりたい。

観光客相手に小ずるい商売をするのだって、そのためなのだ。

かがんで売れた分の空きスペースが目立たないよう、果物を並べ直したとき、笑いあっていた髭面の男たちが慌てて離れた。

そそくさと覆い布を目元まで引き上げるのを見て、まさかと顔を上げると、すぐそばの小径《こみち》から豹頭の男が現れたところだった。

背が高い。リノの頭がようやく肩に届くほどの上背で、そのがっしりした体軀に黒い服をまとい、フードつきの黒いマントをつけていた。雄々《おお》しさと神々しさを兼ね備えた黒い豹の顔のなか、金色に輝く瞳がリノを一瞥《いちべつ》し、ぎくりと身体が竦《すく》んだ。

凶暴な肉食獣の頭が、ぐっと下がって広げた布の上を眺め回す。

「杏に葡萄にオレンジか。このへんで採れるオレンジは苦いと聞いたが、これも苦いのか？」

思いがけないほど穏やかな、低くてなめらかな声だった。目の前に黒豹の頭がなければ、優しげにさえ聞こえる口調で、「オレンジは好物なんだが、苦いと食えない」などと言う。

「杏のほうがうまければ杏を買いたいんだが、どうだろう」

どうやら買い物をしたいようだ、とようやく気づいて、リノは首元に巻いた布から手を離した。顔を隠す暇もなかったが、もう見られたから今さらだろう。

「このオレンジは生でも食べられる甘いやつだ……ですよ。よければ味見をどうぞ」

親子連れにも食べさせた切り分けたオレンジを差し出すと、豹頭の男は嬉しそうにつまんだ。

「お、うまいじゃないか。昨日の夕食に出たのよりうまい。買おう」

彼が懐から取り出した財布の袋がじゃらりと鳴って、目が吸い寄せられた。無造作に開けられた中には金貨がつまっていて、一枚差し出される。

「これで足りるか？」

足りるどころじゃない。金貨一枚は、銀貨百枚に相当する大金なのだ。観光客相手のぼったくりでも、銅貨五枚しかもらわないいし、金貨一枚もあったら、市場に行けば荷車いっぱいのオレン

ジが買える。

「――甘いのが好きなら、ジャムもあるけど」

震えそうな手で受け取って、リノは後ろから瓶を出した。

「苦オレンジを蜂蜜で煮て作るんだ。蜂蜜が貴重だから高級品だけど、好きなら売るよ」

「ジャムか。たしか西の国イングラードではよく食べるんだったたな」

豹頭の男は目を輝かせて瓶を見つめ、木匙で掬って舐めると、幸せそうな顔になった。

「これは……これはうまいな」

ふんにゃり口の両端が持ち上がり、笑ったようだった。黒豹の威厳などひとかけらもない平和な表情を、リノは呆気《あっけ》に取られて見つめた。

（……そのへんで日向《ひなた》ぼっこしてる黒猫みたい）

「ちょっと苦いのがすごくうまい。これも買おう。いくらかな。金貨五枚くらいで足りるか」

「――じ、じゃあ、それでいいよ。オレンジも買ってくれたし」

「親切だな、ありがとう」

にこにこした猫の顔で言われると、罪悪感が胸を刺した。手のひらに載せられた金貨五枚はずっしりと重い。

こんな大金を手にしたのは初めてだ。食堂や娼館の手伝いでは、一年働いてもこんなにはもらえない。

やっぱり受け取れないと切り出そうか迷うと、横から髭面の男が割り込んできた。

「お客さん、杏ならリノのところよりうちがうまいですぜ。葡萄はサービスでしぼってやってもいい。喉《のど》は渇《かわ》いてないか？」

「うちの扇子《せんす》はどうだい。今日は暑くなるからね、観光するにも扇子はいいよ」

金貨が見えたのだろう、必死の形相《ぎょうそう》で売り込むほかの商人たちに倒されそうになり、リノは金貨をポケットに入れた。

取り囲まれた豹頭の男は、怒るでもなく淡々と首を振った。

「いや、もう十分買わせてもらった。次の機会があったら寄らせてもらおう」

「あんた、しばらくこの街に滞在するのかい？」

「その予定だ。ラナスルは活気があっていい街だな」

およそ豹頭の貴族らしからぬ、気さくな受け答えだ。

そんなんだからカモにされるんだぞ、と呆れたとき、東の大通りのほうから声が響いた。

「検問だ！　許可証を出せ」

揃《そろ》いの黒い制服を着た、警邏《けいら》の一団だった。リノを含めた商人たちは広げた布を商品ごとまとめ、八方に延びる道へと駆け出した。月の広場で観光客相手に露店をひらく者は、誰も許可証なんて持っていない。

待て！　という怒鳴り声を後ろに聞きながら、リノは小径からさらに細い路地へとすばやく入り込んだ。

迷路のように入り組んだラナスルの市街地は、帝国が攻めてくる前に造られた街の名残《なごり》だ。道の下には建物をつなぐ地下道もあって、よほど詳しくなければ自在に歩くことはできない。狭い路地では馬にも乗れないし、槍《やり》を振り回すだけの空間もないから、警邏の者たちも深追いしないのだった。

慣れた足取りで建物の裏に入り、階段を使って狭い地下道を抜け、別の建物の中に出ると、中庭を抜けてまた路地に出る。そうしてジグザグに月の広場から遠ざかり、ごく小さな広場に出ると、水汲《みずく》み場の石段に腰かけた。

周囲の住人が共同で使う石煉瓦《いしれんが》の水汲み場は、半端な時間のせいで誰もいない。水を汲む手押しポンプの脇には、どこもそうであるように苦オレンジの木が植えられていて、たわわに実をつけていた。

このあたりの気候だと、苦オレンジの木はほうっておいても育つ。暑い中木陰を作ってくれるし、香りのいい木だから、街でも街道沿いでも、村でも、人の通る場所ならどこにでも植えられている。そこらじゅうにあって実は年に二回なるのだが、そのままでは食べられないから、誰も取らないのだ。

もうすぐ一度目の花の時期だ。近いうちに腐って落ちてしまうだろう実を見上げて、リノは額の汗を拭った。

広場に戻って商いを再開する気にはなれなかった。次の仕事まではまだ時間がある。

ぽっかり空いたこういう時間は苦手だ。なんとなく自分だけが世界から取り残されて、誰からも見えていないような――ひどくちっぽけな存在になったような気がするから。

リノは木の幹に背中を預け、ポケットから恐々と金貨を取り出した。

全部で六枚。贅沢《ぜいたく》をしない村での暮らしなら、一年は生活できる額だ。これだけあれば、食堂で下がりものを恵んでもらわなくても、ちゃんとした食事ができる。

あの男はよほど身分の高い貴族なのだろうが、金銭感覚はまったくないらしい。それとも、豹頭の貴族ともなれば、金貨六枚なんて、果物とジャムを買う程度のはした金ということか。

全然違う生活をしているのだろう、と皮肉っぽく考えてみても、罪悪感は消えなかった。

日ごろから観光客相手には小ずるい商いをしているけれど、これは程度が違う。完全な騙《だま》しで、本当なら受け取ってはいけない額だ。

「……でも、これでも、トレーダまでは、行けないんだもんな」

国の南の端にあるこの街からは、首都コリドに行くにも徒歩では五、六日かかる。

さらにその先の国境を過ぎ、複雑に小国が入り組んでいて治安の悪い中部地帯を抜け、イスパ王国にある学園都市トレーダまで、通行証もないただの庶民のリノが行くには、商隊に同行させてもらうくらいしか手がない。

知り合いの商人にいくら払えば連れていってもらえるのかと聞いたら、トレーダまで金貨三十枚は必要だとのことだった。街ごとにとどまって商いをしながらロバを休ませるから、向こうまでたどり着くのに半年かかるし、命も守ってもらうのだから、高いのは仕方ない。だが、今まで貯めたお金は金貨一枚にも満たない額で、今日の六枚を足しても、あと二十四枚。

（――やっぱり、身体を売らないと）

ウリをするなら金貨で払わなくてもいい、と商人には言われていた。旅の途中で春をひさいで、その金を商隊に納めるのだ。現実的には、その方法しかなかった。

結局母と同じ方法でしかこの国を出ていけないのかと、きらきら輝く金貨を見つめる。

リノは朝は村で畑の手伝いをし、午前中は旅行客相手に果物を売って、午後は街の食堂で働くか、娼館の下働きをしている。休みなく働いてもどれも儲かる仕事ではなく、定職につかない養父の分も稼がなければならないから、生活は苦しい。

それでも、今まで身体を売ったことはなかった。養父のボリバルは毎日のようにもっと稼げと怒鳴ったり殴ったりするが、リノに向かって「身体を売れ」と言ったことは一度もなかった。逆に、身体だけは売るなと言われているほどだ。

飲んだくれで小悪党で、すぐに激昂《げっこう》する性格の悪い男だけれど、もしかするとリノの母――ボリバルにとっては従妹にあたるフローラのことを、大事に思っていたのかもしれなかった。

母は生まれ故郷の村を飛び出して、結局娼婦になった。それくらいしか、生まれた土地を離れてよその国まで行く方法はないのだから、当然といえば当然だった。

娼婦として流れ着いた先でリノの父と出会い、恋に落ちたらしいが、なぜか身ごもった身体でひとり故郷まで戻ってきて、リノを産み、また身体を売って——病気になって、やつれて死んだ。リノには母親と同じ目にあってほしくなくて、ボリバルは「身体を売るな」と言うのではないかと思うのだ。

少しも優しくない養父だが、ほんのひとかけら良心や愛情が残っているのだと思うと、逆らう気にはなれなかった。

だから今までそういう仕事をしたことはないが、でも、トレーダにはどうしても行きたい。行ったところで父に会える保証もなく、会えてもリノが期待するような会話はできないかもしれないけれど、それでも会ってみたかった。

父にもう一度会うのは母の悲願だったし、リノも知りたい。おそらくは北か西の国の人間である父親の本当の気持ち——ひいては、自分が望まれて生まれた存在かどうかを。

このまま村で暮らしていても、リノの居場所はないに等しい。

リノははみ出し者だった。村を捨てたくせに出戻ったふしだらな女の産んだ、異国の血の混じった子供。このあたりで生まれた人々は、みんな黒い髪に褐色の目をしているから、リノの外見は目立つのだ。金色の髪なんて気持ち悪い、と面と向かって言われたこともある。

挙げ句に母が死んだあと養父になったボリバルは、乱暴者で村人からは嫌われていた。街まで働きに出ても、目立つ外見とあのボリバルの息子だということで、いい目で見られたためしはない。

だから、どこへ行こうと、ここにいるより悪くなることはないはずだった。たとえ身体を売ることになっても、男の自分は妊娠する心配だけはない。

（……豹頭にやられたら、ほんとに子供ってできちゃうのかな。でも、あいつら相手に身体を売ることとなんてないもんな）

やっぱりこの金貨は返そう。どうせ身体を売るなら、この金はなくてもいい。しばらく街に滞在すると言っていたから、月の広場にいれば、また会えるはずだ。そう決心してぎゅっと金貨を握りしめる。

「そんなに見なくても、金貨は本物だ」

ふいに背後から声が響き、リノはぎょっとして振り返った。

オレンジの樹のすぐ後ろにさっきの豹頭が立っている。まったく気配を感じなかったことに寒気がして、咄嗟《とっさ》に声が出なかった。

リノの表情を見て、豹頭の男はのんびり笑う。

「悪いな、驚かせたか。ぶらぶら歩いてきたらおまえが見えたから、声をかけたんだ」

「……だったら、前から声をかけろよ」

一歩後退《あとずさ》ると、相手は樹を回り込んでリノの前に来た。

「次はそうする。私はマウリシオだ」

手が差し出され、リノはぽかんと見上げた。マウリシオと名乗った男は不思議そうに首をかしげる。

「半島の人間も握手はするよな？　それとも、ラナスルの街は特別なのか？」

「……握手は、するけど」

豹頭の貴族と握手なんかしたことはない。リノは差し出されたままの手と黒い豹の顔を眺めて、仕方なく握った。

「リノ」

「いい名前だ、リノ。頼みがあるんだが、街を案内してもらえないだろうか」

痛くない強さで握って離したマウリシオは、その手を胸に当てた。

「ラナスルに来て間もなくて、勝手がわからないんだ。古くていい街だから、あちこち見て回りたいが、入り組んでいてひとりだと迷子になりそうでな」

「――観光したいの？」

「観光というより、どういう街なのか見たいんだ」

微笑《ほほえ》むとやはり、豹というよりも猫のようだった。大きいだけで気の優しい、穏やかな猫だ。

リノはちょっとだけ考えて頷《うなず》いた。

「夕方から仕事だから、それまででよければ案内する。――さっき、金をもらいすぎたから」

金貨六枚をマウリシオの手に返すと、マウリシオは困ったように眉間《みけん》に皺《しわ》を寄せた。

「だが、これだとオレンジとジャムをただでもらったことになる。街も案内してもらうから、案内賃込みということでどうだ？」

「そうだとしても、金貨一枚でも多すぎるよ。……あんたはお貴族様でわからないかもしれないけど、金貨一枚ってすごい大金だから、街中であんまり見せないほうがいいよ。しばらくここに滞在して、街も歩きたいってんなら、少しは庶民の感覚も学ばないと」

「なるほど、リノの言うとおりだ。勉強になる」

真面目に頷いたマウリシオは、リノのポケットにするりと金貨を入れた。

「ばっ……あんた、人の話聞いてるのかよ！」

「勉強賃も込みだからいいだろう。あとは礼の気持ちだ、受け取ってくれ。きみの商品も、きみの言葉も、私にとってはそれだけ価値があるということだ」

さっそく出発しよう、と楽しげなマウリシオに言い返そうとして、リノは言葉を呑《の》み込んだ。価値がある、だなんて——冗談でも言われたことがない。

マウリシオは変わった人だ。変わっているけれど……たぶん、すごく「いい人」なのだろう。

リノはマウリシオを騙そうとしたのに。

「……じゃあ、ジャムはもう一瓶あげる。それと、案内してもかまわないから、フードはかぶってよ。あんたのその頭、目立ちすぎるから」

罪滅ぼしがわりに、街くらい案内してあげたかった。

マウリシオはおとなしくフードをかぶってくれる。

「嬉しいよ、ありがとう」

この人ほんとに貴族じゃないみたい、と思いながら、リノも首に巻いた布を目元まで引き上げようとした。今さらかもしれないが、横に豹頭の男がいるのに、顔を晒《さら》しっぱなしというのも、なんだか落ち着かない。

「どうして顔を隠すんだ？　さっき、月の広場でほかの者も隠していたが」

ひょい、と顔を近づけられて、リノは慌てて身を引いた。

「見るなよ！　これは……あんたみたいなシスリア人の貴族から顔を隠すためだよ」

「なぜ？」

「知らないの？　ラナスルでは昔、豹頭の貴族が地元の人間を慰み用に集めて、子供を身ごもったら殺したらしいよ。それで、目をつけられないように顔を隠すようになったんだって」

怒るかな、と思ったが、マウリシオは怒りはしなかった。

「ああ、暴君ネリーのころのことか。気持ちはわかるが、今はそういう悪習は行われていないから安心するといい。もちろん私もそんな横暴は働かないし、好意を持ったなら、お伺いくらいはたてるさ」

「……それを、信用しろって？」

「信用してもらえると助かるな。だって、私がマントをかぶっていても、リノが顔を隠していたら、私が豹頭だとばれるじゃないか」

それもそうだ。リノは逡巡《しゅんじゅん》したものの、黙って布を首元に戻した。顔なら月の広場でもさんざん見られたし、それに、マウリシオなら信用できそうだ。

(顔も、黒豹なのにボリバルより穏やかそうなくらいだし)

市場を覗《のぞ》いてみたい、と言う表情なんて、猫どころか子供みたいだ。危ないと思ったら逃げればいい、と決めて、リノは先に立って歩き出した。


長身でがっしりした体軀《たいく》のマウリシオは、フードをかぶっていても目立っていたし、言葉を交わした相手のうち数人は豹頭だと気づいたかもしれないが、幸いにもおおっぴらに騒がれることはなかった。たぶん珍しすぎて、みんな反応に困ったのだろう。

彼の希望どおり市場を見て回り、中央広場にほど近い路地裏の店で昼食にスープを頼むと、マウリシオはぐるぐる喉を鳴らした。

「ラナスルは食べ物がうまいんだな。この海鮮スープ、人生で一番うまい」

「貴族様なんだから、普段からいっぱいご馳走《ちそう》を食べてるだろ」

「たしかに城で豪勢な食事を食べたりもするが、それよりこのスープのほうがうまいんだ」

大げさだとは思ったが、たしかにスープはおいしかった。

普段は店で食事をすることなんかない。街の住民向けの店とはいえ、リノには贅沢すぎるからだ。マウリシオが一緒に食べろと言うから頼んだが、二人分の支払いはもらった金貨からしようと決めていた。店のほうもお釣りに困るかもしれないけれど。

トマトたっぷりのスープを口に運び、マウリシオは烏賊《いか》を噛みしめた。

「この烏賊《いか》というのもこっちに来て初めて食べたんだが、見た目以上にうまいよな。そもそも帝国ではあまり魚は食べないんだ。こちらの半島は食べ物が豊かでいい。緑も多いし——街のどこにでもオレンジの樹があるとは聞いていたが、最初に見たときは驚いたよ。もっとも、従者の目を盗んでひとつもいで、齧《かじ》ってみたら苦くて二度驚いたが」

「食べたんだ?」

苦さに顔をしかめるマウリシオが想像できて笑ってしまうと、マウリシオも楽しそうに目を細めた。

「リノから買ったオレンジは甘かった。まだ二個残ってる」

そう言われて思い出して、リノは手を出した。三個あるうちのひとつは、苦オレンジなのだ。

「残ってるやつ見せて。もしかして、出来のよくないのが交じってるかも」

「そうなのか？　どれもうまそうだったが」

怪訝そうにしながらもマウリシオは袋からオレンジを出す。街に来る途中で適当に取ったオレンジは見ればすぐわかるので、手持ちの甘いオレンジと交換してやると、マウリシオは感心したようだった。

「リノは果物の目利きなんだな」

「目利きっていうか……家の裏で、自分で育ててるから。甘いオレンジを作るのはちょっと面倒だけど、手をかけてやると大きくなって甘みも増すから、面白いよ」

「手をかけるというと、水をやるとか？」

「肥料を埋めたり、花を摘《つ》んで数を調整したりだよ。肥料のやり方にもコツがあるんだ。甘いオレンジは苦オレンジより実を収穫できるようになるまで時間がかかるし、収穫できるのは年に一度だけど、実を作るだけなら難しくない。でも、よくできたオレンジは高値で売れる」

「なるほど。いい商品を作る努力というわけだな。じゃあ、あのジャムもリノが考えたのか？」

「あれは母さんから教わったんだ。マーマレードっていうらしいよ」

「マーマレードか。初めて聞いた――リノは物知りだな」

　貴族にとってはつまらない話だろうに、マウリシオはうんうんと頷きながら聞いている。黒豹なのだから身分は高いはずなのに、街中でよく見かける役人のほうが、何倍も偉そうだ。

「あんなにうまいジャムはうちの料理人も作れないし、うちの庭園でも甘いオレンジを植えているから、リノに来てもらってみんなに指導してほしいくらいだ」

「お屋敷の使用人のほうが俺よりずっと専門家なんだから、必要ないだろ」

　真面目な顔をして言うマウリシオに笑い返すと、テーブルに店の者が寄ってきた。

頼んでいないはずの焼き菓子が二つ置かれ、なにごとかと見上げると、彼は可哀想なくらい緊張していた。

「あの……いらしたときはその、偉い方だと気づかず……対応に失礼がございましたら、大変申し訳ございません。お詫びにもなりませんが、当店の人気のデザートをお持ちしましたので……お、お口にあえばよいのですが」

マウリシオが豹頭だと気づかれたのだとわかり、リノは眉根《まゆね》を寄せたが、マウリシオは落ち着いていた。

「おお、卵タルトか。食べたことあるぞ」

嬉しそうに声を弾ませたあと、店員に穏やかな目を向ける。

「だが、失礼はべつに受けていない。むしろ、フードをかぶったまま店の中にいるなんて、こちらのほうが無礼だろう。脱いだほうがまずいかと思ってこうしていたんだが」

「ぶ、無礼だなど、とんでもない！　ただ、その、私どもの店は貴族の方がいらっしゃるようなところではなくて……その、村人のように見える方とご一緒ですし」

ちらっとリノを見る目も困り果てていて、そりゃそうだよなと同情したくなった。リノだって、自分の働いている食堂に豹頭が来たら驚いてしまう。

「驚かせて悪かった。私は街をよく知らなくて、彼に案内してもらっていたんだ。あとで家の者に叱られたくないから、私が来たことは秘密にしておいてくれると助かるよ。できればまた来たいくらい、スープがうまかった」

「それは……光栄ですけれども」

褒められても困った様子で、店員は店の中を見回す。気づけはいつのまにかほかの客はいなくなっていて、しまった、とリノは立ち上がった。客たちは面倒に巻き込まれるのを恐れて出ていってしまったのだろう。

「行こう、マウリシオ。すみません、お代はこれで。――お釣りは、いいので」

「卵タルトはもらっていってもいいか？　うまそうだ」

「は、はいもちろん。……っ、き、金貨⁉」

受け取った一枚の金貨に声が裏返っている店員を置いて、リノはマウリシオの袖《そで》を引いた。

表に出ると、マウリシオはしおしおと髭を下げた。

「あんなに恐れられると、今までシスリアの人間たちがどんなに横暴だったか察しがつくな。遅いかもしれないが、すまないことをした」

本気で申し訳なさそうに頭を下げられ、リノは首を横に振った。

「あんたがもししばらくこの街に住むなら、これから威張らないでくれればいいよ。――きっと、そのうちみんなも、シスリア人だから怖くていやなやつなんじゃないって、わかると思う」

店員が怯《おび》えたのはただのシスリア人ではなくて、豹頭だとわかったからだとは思うが、言ったら余計にマウリシオを傷つけるだけだ。

「俺はあんたのこと、嫌いじゃないよ」

「ありがとう。リノの言うとおり、威張らないように気をつけるよ」

ネコ科特有の瞳孔が細まるのも、見慣れてしまうと怖くない。口元のむにっとした膨《ふく》らみだって、見ようによっては可愛いし、触ったら気持ちがよさそうだった。

それに、マウリシオの声は心地よい。ほどよく低くてなめらかで、あたたかみがある。

「リノもゆっくり食事ができなくて悪かったな。ほら、卵タルト」

「店の人、黙ってくれてるといいね」

まだあたたかい卵タルトは甘くておいしかった。村でも祭りのときなどに食べる素朴な菓子だが、リノの知っているのよりも生地がさくさくしている。

今日はマウリシオのおかげで贅沢しているな、と思いながら味わっていると、急に肩に腕が回った。

抱き込むように引き寄せられて、どきりとするのとほぼ同時に、急に曲がってきた馬車がすぐ後ろを猛スピードで走り抜けていった。道幅ぎりぎりの馬車に、人々が慌てたように壁際に身を寄せている。

「危ないな。こんな狭いところも馬車が走るのか」

「……普段は、この道に馬車は入らないよ。大通りくらいでしか見ないもの」

馬車は貴族の乗り物だ。ごとごとという音は聞こえていたけれど、通らないと思っているから油断した。マウリシオはそっと腕の力を抜いて、リノの顔を覗き込んでくる。

「怪我はないか？」

「——ないよ。あんたが、すぐ庇《かば》ってくれたから」

返事をしつつ、そうだ庇ってくれたのだ、と改めて気づいて、落ち着かない気持ちになった。

庇われたことなんてない。もう子供じゃないし、男だし——子供のころだって、村でも街でも、庇うような人は誰もいなかった。子供をかまう暇などないからだが、リノの場合は容姿のせいもある。

マウリシオはこの外見が気にならないのだろうかと見上げると、「ん？」と優しく見つめ返されて、変なふうに胸が痛んだ。

「な、なんでもない」

慌てて視線を逸《そ》らし、いたたまれなくてつけ加えた。

「ただ、もしかしてお父さんてこんな感じかなって、思って」

抱きしめて庇われた経験もないのに、マウリシオの腕の中は居心地がよかった。ほんのり漂う花か木のような香りは香水だろうか。色気のある大人のにおいには馴染みがないのに——なぜか、懐かしいような、ずっとここにいたいような気分になる。

「そこまで年は離れていないと思うがな。いくつだ？」

「十七。もう大人だよ」

「そうか、すごくしっかりしてるものな。――父親、知らないのか？」

なにげないそぶりで彼の腕から抜け出し、歩きはじめても、マウリシオの距離は近い。小さな路地を歩きたいらしいマウリシオにあわせて道を逸《そ》れ、リノは素直に頷いた。

「母さんはひとりで俺を産んだんだ。トレーダって街、わかる？」

「ああ。イスパにある学園都市だろう」

「父さんはそこにいるみたい。母さんが――もう彼女は死んでるんだけど、父さんからの手紙を持ってて、すごく大切にしてた。俺は、いつかその手紙を持って、父さんに会いに行くのが夢なんだ。母さんが最期《さいご》まで会いたいって言ってたから、彼女の代わりに」

仕事で酔って帰ってくると、母は決まって泣いた。愛してるの、今でも変わらず愛してるって、あの人にもう一度だけ伝えたい――リノは子守唄がわりにその言葉を繰り返し聞いて育った。

誰に蔑《さげす》まれても耐え、わずかに稼いだお金でリノを育ててくれた母は、ほかになにも望まなかった。

たったひとつの願いが、父にもう一度会うことだったのだ。

「俺なんか、通行証ももらえない身分だから、ほんとは行けるわけないんだけど」

「カリフ王国では、平民が国外に出るのは制限されているんだったな」

「うん。税金取れなくなったら困るもんね。だから、難しいのはわかってる。行ったたって会えないかもしれないし、父さんには別の女性とか子供がいるかもしれない。でも、どうしても行ってみたいんだ。……子供っぽいけど」

誰にも言ったことのない夢だ。照れくさくて、黙って聞いてくれているマウリシオを睨むように見上げると、大きな手が頭に乗った。

「家族を愛せるのはいいことだ。リノなら、きっと行けるさ」

くしゃりと金髪を混ぜられて、柄にもなく目の奥がつんとした。マウリシオの手はあたたかい。暑い日中なのに、その温もりは少しもいやではなかった。

「……このあと、どこに行く？　行ってみたいところがあったら案内する」

「じゃあ、卵タルトを買える店があったら案内してくれ。もうちょっと食べたい」

「わかった、連れていってやるよ」

精悍《せいかん》な見た目のくせに甘いものが好きらしい。黒豹の顔も見慣れたら怖くないし、金色の瞳は美しいくらいだ。なにより、馬鹿みたいに優しい。けっこう好きだな、と思うとくすぐったい感じがした。

まさか、シスリア人の貴族に好感を持つ日が来るとは。

人生なにがあるかわからないって本当だなとしみじみ考えつつ、卵タルトを買うのにつきあったあとは、地下道や小径を通ってぶらぶらと散歩した。

古くからある建物や、壁に残る戦《いくさ》の跡、水汲み場に集う女性たちのおしゃべりまで、マウリシオはすべて興味深そうに眺めていた。しまいにはリノが働く場所が見たいと言い出したので、食堂まで案内し、そこで別れることになった。

夕方の四時でも、今ごろの時期は真昼の明るさだ。それでも、食堂にはすでに人が入りはじめていた。

リノの働く食堂は大きく、安くて量が多いので、街の外から働きに来ている人たちが、腹を満たして帰るのに使うのだ。五時を過ぎると混雑し、六時から七時ごろは立って食べる客が出るほどだった。

「賑わっているな」

「うん。夜はもっと賑やかだよ」

繁盛しているが古びて汚れが目立つ、けっして清潔とはいえない食堂を、マウリシオは興味深そうに眺めている。リノはその横顔を黙って見上げた。

(――半日、あっというまに終わっちゃった)

罪滅ぼしのつもりで案内を引き受けたのに、楽しい一日だった。誰かとこんなになごやかに、たくさん会話したのも久しぶりだし、軽蔑されることもなく、むしろ大事にしてもらった。

別れたら、二度と会うことはないだろう。いや、マウリシオは変わり者のようだから、また街でばったり会うことはあるかもしれないけれど、今日のように親しく、長時間一緒に過ごせるとは限らない。

もう少しだけでも一緒にいられたらいいのに、と考えて、リノはつま先を見つめた。

今日の仕事は、本当は娼館での下働きだ。客の使った寝房《しんぼう》を掃除したり、汚れたものを片付けたり、飲み物を運んだりする。気の立った娼婦や客に怒鳴られるのは日常茶飯事で、気持ちのすり減る仕事だった。

そういう仕事をしていると、なんとなくマウリシオには言いたくなくて、食堂のほうに案内してしまった。この食堂よりも汚れて荒《すさ》み、気《け》だるくて諦念の漂う場末の娼館を見たら、マウリシオが悲しい顔をしそうな気がしたからだが――でも、向こうの仕事だと言えば、あと一時間はマウリシオと一緒にいられる。

いっそ打ち明けようか、と思ったとき、ぽんと頭に手が乗った。

「賑やかになる時間までいて、食事をしてみたい気もするが、リノの職場なのにまた気づかれて騒ぎになっても悪いしな。今日はこれで帰るよ」

「――うん」

帰る、と言われてしまえば、引きとめる術《すべ》がない。

リノは歪《ゆが》みそうになる顔を背け、袋の中からマーマレードの瓶を出して、金貨四枚と一緒に押しつけた。

「これ、残ってたマーマレード。果物とマーマレードの代金と案内賃は、卵タルトのお釣りで足りるから」

「マーマレードはありがたいが、リノもなかなか強情だなあ」

マウリシオは困ったように頬《ほお》をかき、金貨をまたリノのポケットに戻した。

「じゃあ、これは前払いだ。あと二、三日、街の案内を続けてもらえないか？」

「えっ？」

びっくりして顔を上げると、マウリシオは目を細めて微笑んだ。

「今日はきみのおかげでとても楽しかった。だからまたリノに頼みたいんだ」

「案内するのは、いいけど、でも……俺でいいの？　こんな大金払うのに」

街の案内なら、リノよりも詳しい適任の人がほかにいるはずだ。マウリシオなら役人にだって、商人にだって頼めるのだから。

マウリシオは大きく頷いた。

「もちろん、きみがいい。幸いリノのほうも、私と別れるのは寂しいと思ってくれているようだし」

「なっ、べつに、さ、寂しくなんか！」

かっと赤くなって伸びてきた手を振り払い、リノは思いきり睨みつけた。

「子供扱いするなってば！　もう大人だって言ってるだろ」

「照れなくてもいいじゃないか。ちょうどいい位置にリノの頭があるんだ」

「ちょうどよくない！」

揶揄いやがって、とまだ火照《ほて》った頬を拭い、リノはそっぽを向いた。

「——で、明日は何時にする？」

くすっとマウリシオが笑い声をたてる。

「今日と同じくらいがいいな。リノさえよければ」

「俺は全然いいよ」

広場で果物を売らなくても、マウリシオのくれたお金があるからかまわない。

「今日より一時間くらい早くても平気。……もちろん、あんたがよければだけど」

「一時間早くか」

マウリシオはまたおかしそうに笑い、なんだよ、と睨むと首を振った。

「なんでもないよ。ありがとう、リノ」

穏やかな声と輝く瞳を向けられて、リノはぼうっと見上げた。

こんなに丁寧にお礼を言われるのも初めてだ。今度は逃げることもできず、髪を撫《な》でてくる手を受け入れる。

金の髪に指を通すようにして何度も撫でてくれたマウリシオは、それから内緒話でもするように身をかがめた。

「では今日より一時間早く、また、月の広場で」

「――っ」

あたたかい吐息が耳を掠めた。息だけでなく、なにかが触れたような感覚に、リノは慌てて耳を押さえた。頬を寄せあってする親密な挨拶《あいさつ》なのはわかる。でも、リノにはそれさえ経験がなかった。

ほとんど呆然《ぼうぜん》として見上げると、マウリシオは少しせつなげに目を細めた。

「そんな顔をされると離れがたいが、もう行きなさい。仕事、遅刻してしまうだろう?」

「——うん」

そっと背中を押されて食堂の入り口に向かいかけ、リノは我慢できずに振り返った。マウリシオはもう踵《きびす》を返していて、マントに覆われた広い背中が遠ざかっていく。

見送りながら、リノはポケットを押さえた。四枚でも重たく感じる金貨は、朝と違って、あたたかくて嬉しい重みだった。

「……また、明日も、会えるんだ」

独りごち、踵《かかと》でちょっと地面を蹴って、リノも向きを変えた。

娼館の手伝いはいつも気分が沈むのだが、今日ばかりは足取りが軽い。

父に会いにいく旅のために、身体を売る覚悟はできているが、売る回数は少ないほうがいい。

それになにより、明日もマウリシオに会えるのが、単純に楽しみだった。


翌日、マウリシオは顔をあわせるなり、目を輝かせて言った。

「リノ、あのジャム、マーマレードはもうないのか？　昨日夜に食べて、今朝も食べたら、一瓶なくなってしまって」

「もう？　食べすぎじゃないかそれ」

「お茶に入れたら最高で、うっかり使いすぎてしまった。大事に食べようと思ってたんだが……ないのか？」

　残念そうに見つめられ、リノは笑って彼の袖《そで》を引いた。

「わかったってば、また作るよ。ほら行こう、立ってるとあんた目立つからさ。今日はどこがいい？」

「今日は港のほうがいいな。海産物専門の市場があるって聞いたんだ」

「うん、あるよ。俺もあんまり行ったことないけど」

　場所なら知っている。ちらちらとうかがっている商人たちの目を避けて、リノは早足で月の広場を出た。やっかまれるのはかまわないが、変な噂を立てられて、養父のボリバルの耳に入ったら面倒だ。

　明日は別のところで待ち合わせにしてもらおう、と思いながら大通りに出ると、マウリシオがかぶっていたフードをさらに引き下げた。

「もしかして、昨日の店でのこと、気にしてる？」

「いや……警邏の者がいるから、一応な」

たしかに、普段よりも制服を着た数人連れが目立つ。

「なんだろね。また偉い人が首都から到着するとかかな。……見つかるのがいやなら、裏道を通る？」

「そうしてくれると助かる」

昨日は堂々としていたのに、もしかしたら家の人に怒られたのかもしれない。

リノは脇道に入ると幾度も角を曲がりながら小径ばかりを選んで港を目指した。

十五分ほどかけて魚市場前の広場に出ると、潮のにおいが漂った。香ばしいにおいが混じっているのは、広場を囲んでたくさんの食堂があるからだ。スープに感激していたマウリシオの顔を思い出し、リノは笑顔で後ろを振り返った。

「このあたりの店も、昨日の店と同じくらいうまいと思うよ。昼飯を食べたいならここで――」

強く引き寄せられて、声が途切れる。また馬車か、と思うあいだに建物の隙間に連れ込まれ、壁に押しつけられて、リノはぎくりとした。

マウリシオの顔が近い。太い両腕で身体の左右を塞がれ、下半身はぴったり密着していた。

まるで口づけを交わす恋人同士みたいな体勢だ。

「な、なにして……んっ、んーっ」

赤くなって抗議しかけた途端、口を手で塞がれ、変な呻き声が出た。マウリシオはますます顔を近づけてきて、鼻先が額に触れそうだった。

その後ろを、足音も高く数人が通り抜ける。いません、と報告する声に、低い声が「では移動する。見落とさないようによく探せ」と応じて、遠ざかっていく。

彼らの気配が完全に消えるのを待って、マウリシオはため息をついて離れた。

「すまない。うちのが部下を引き連れてたから、見つかりたくなくて……リノ？」

遅れて、心臓がばくばくと速くなってきていた。顔が熱い。唇《くちびる》にはまだマウリシオの手のひらの感触が残っていて、リノは乱暴に口元を拭った。

（口づけ、されるのかと思った……）

そんなわけがないのに、一瞬でも誤解した自分が恥《は》ずかしい。

「顔が赤いが、大丈夫か？」

「平気。それより早く行こう、ここ狭いよ」

マウリシオの視線から逃げて通りに出ると、後ろからついてきた彼が申し訳なさそうな声を出した。

「あー……その、ほんとに悪かった。まさかそんなに照れるとは思ってなくて」

「っ、誰も、照れてなんか！」

かあっと耳まで熱くなって振り返ると、マウリシオは困った顔であさってのほうを向いた。

「そうか。なら、いいんだが」

含みのありそうな彼の声のほうが、なにやら照れているように聞こえる。そっちが照れてるん

だろ、と言ってやろうとして、リノは再びびくっとして固まった。

マウリシオの後ろに、同じ村に暮らしている男が立っていた。リノと目があうと、不審そうな声を出す。

「リノ、なにしてるんだ、こんなところで。……誰だそいつ」

村の男は無遠慮にマウリシオを眺め回し、リノは視線を遮《さえぎ》るように彼の前に出た。

「誰でもいいだろ、ただの観光客だってば。ラナスルに来るのが初めてだから街を案内してほしいって頼まれてさ、金払いがいいから引き受けただけ」

「観光客ねえ。本当にそれだけか？　特別サービスつきの『案内』じゃないだろうな」

暗に身体を売っていないかと聞いてくる男は下卑《げび》た笑みを浮かべている。

「あそこの具合がいいって噂の女の息子だもんな。せいぜい稼いでボリバルに楽させてやれよ」

リノは黙って唇を噛んだ。——なんで、いつもこんなことばかり言われなければならないのだろう。

(母さんだって、俺だって、悪いことをしたわけじゃないのに)

「で、そっちのお客さんはいくらぐらい払ってくれるんだ？　金持ちそうだ」

男はマウリシオのフードの中も覗きたそうなそぶりを見せ、リノはマウリシオの手を取って踵を返した。

「あんたには関係ないだろ、邪魔すんな。——行こう、マウリシオ」

面倒だけれど、別の小径を迂回《うかい》して広場の反対側に出たほうがよさそうだ。足早に進むと、マウリシオがすまなそうに呼んだ。

「リノ。もしかして、きみに案内を頼むのは迷惑だっただろうか」

「そんなことないよ、平気。やましいことしてるわけじゃないし、これだって仕事だ」

「だが、さっきの男の態度……私だけでなく、きみに対しても好意的には見えなかった。もし私のせいなら申し訳ない」

「マウリシオのせいじゃないよ」

リノは振り仰ぎ、努力して笑ってみせた。

「金色の髪が珍しいのと、うちの母さんがちょっと村で浮いてたから、そのせいだよ。もう死んでるし、俺には関係ない」

村では蔑まれているのだと、明かしたくなかった。それに、遠慮したマウリシオに「もう案内はいい」と言われるのもいやだ。

「今日も、明日も、ちゃんと案内するから」

「……そうか。嬉しいよ」

マウリシオは表情を和らげると、リノが摑《つか》んだままだった手を握り返した。

「ヴェロナの恋人みたいだな」

「こっ……恋人って、なんだよそれ」

赤くなって手を振り払うと、マウリシオはいたずらっぽく目を輝かせる。

「知らないか？　昔ヴェロナという小さな王国があって、そこの姫君が庶民と恋に落ちるんだ。当然許されない恋だから、人目を忍んで逢瀬《おうせ》を重ねる。まるで私たちみたいだろう？」

「俺たちは恋人じゃないだろ、馬鹿」

睨んでも、マウリシオはこたえた様子もなかった。自然な仕草で肩に手を回され、よくある行為なのにリノのほうがどぎまぎした。

「私にはそれくらい楽しい時間だってことだ。――魚市場は明日にして、学校に案内してくれないか？　街の人間が通う学校、あるだろう？」

「場所は知ってるけど……中には入れないと思うよ。マウリシオだけなら入れるかも」

「リノは学校に行かなかったのか」

「村の人間は誰も学校なんか行けないよ、金も時間もないもん。勉強する暇があったら仕事を手伝わなきゃいけないし、街の人だって、裕福じゃなきゃ行けないくらいだ」

「そうか……ラナスルは豊かな街なのになぁ」

残念そうに言いながらも、マウリシオの手は優しくリノの肩を撫でてくる。

「学校は外から見るだけでいい。そのあとは、リノがこの街で一番好きなところに案内してくれ」

「俺の？」

「ああ。秘密じゃなければ、教えてほしい。大事な友人が好きなものを、知りたいと思うのは当然だろう？」

じっと見下ろされて、なんだか胸が苦しくなった。

親しげな触れあいをしてくれるのはマウリシオの好意ゆえだ。見る目が優しいのも微笑みが穏やかなのも、リノを大切にしてくれているからだとわかる。同じ村の人にさえ、あんなに蔑まれているリノなのに……友達だと、言ってくれる。

ほんとは寂しいよ、と打ち明けられたらよかった。

周りの誰とも親しくできずに生きるのは寂しい。強がっていても、平気だと普段は思っていても、ときどき無性に寂しくて、不安になる。

言ってもマウリシオを困らせるだけだろうから、口にはできないけれど。

「……ちょっと離れた高台から、海が遠くまで見えるんだ。そんなとこでよければ、連れてくよ」

世界がみんなマウリシオみたいだったらいい。それか――せめて、これから先もずっとマウリシオと仲良くできたらいい。

そう考えて、リノはマウリシオの袖に触れた。

「ねえ。さっき言ってたヴェロナの恋人って、二人はどうなるの？」

マウリシオは困ったように首をかしげた。

「二人は――身分を捨ててともに生きていこうと駆け落ちを計画するんだが、反対する人間に男が殺されてしまうんだ。姫のほうは他国に嫁ぐよう言われて、それを拒んで城から身投げして――

二人の愛をあわれんだ街の人が、彼女の遺体を男と一緒に埋葬するって話だ」

「……やっぱり」

そんなことだろうと思っていたので衝撃はなかった。マウリシオはしおしおと目を伏せて謝ってくる。

「すまない。例え話には不適切だった」

「いいよ。俺たち恋人同士じゃないしね」

笑って返しながら、恋人でも友人でも大差ないのはわかっていた。シスリア人の特別な貴族と、庶民のリノなんて、毎日こうして友人のように歩いているほうが変なのだ。

「ねえ、案内、あと何日やる？　俺は一週間でも平気だけど」

「ありがたいが、あと二日かな。さすがにそれ以上は、抜け出してこられないだろうから」

「……わかった、あと二日ね」

リノはマウリシオに笑みを返した。

あと二日、夢みたいに楽しい時間をせめて満喫しよう、と思う。そのあいだは精いっぱい、マウリシオの好意に報いられるような、価値のある強い人間でいたい。

三日目、マウリシオを案内したあとで、娼館の手伝いを終えて帰ると、いつもはすでに酔いつぶれて寝ているボリバルが、まだ起きていた。彼はリノを見るなり椅子から立ち上がり、赤らんだ顔を近づけた。

「おまえ、俺に言うことがあるだろう」

「っ、なに？」

「とぼけても無駄だ。街でおまえを見たってやつが何人もいるんだ。あやしいフードをかぶったシスリア人とつるんでるって、わかってるんだからな！」

「――ッ」

胸ぐらを摑《つか》んで持ち上げられ、容赦なく頰を張り飛ばされて、リノは床に倒れ込んだ。殴られた衝撃はすぐに鈍い痛みになって、口の中に血の味が広がる。

暴力をふるわれるのはいつものことだが、顔を殴られることはめったになかった。今日はよほど腹を立てているのだ。

「さっさと立て！　異国の人間になんか尻尾を振りやがって、仕事を怠《なま》けていいとは言ってないぞ！」

「怠けてない！　……シスリア人といたのは、街の案内してたからで、金はもらってる」

リノは仕方なく、首から下げて服の下に隠した小さい袋の中から、金貨を一枚出してボリバルに差し出した。

「馬鹿な客でさ、こんなにくれたんだよ」

「おまえ……っ、俺の許しも得ないで、勝手に身体を売ったのか！　この淫乱め！」

金貨を見た途端ボリバルは余計に逆上し、力任せにリノを蹴りつける。油断していたせいでもろにつま先が腹にめり込んで、胃液がせり上がった。

「——っぐ、……ふ、ぅッ」

腹の中がへしゃげる痛みに身を丸めたところを再度蹴られ、下げた小袋から残った金貨がこぼれ落ちた。

しまった、と思ったときにはもう遅く、ボリバルが飛びつくようにして床に散らばったそれを拾い集めた。

「四枚……、四枚あるじゃないか！」

初日から減っていないのは、二日目も三日目も、マウリシオが食事や軽食の代金を払ってくれたからだ。仲のいい庭師に頼んで金貨と銀貨を交換してもらったらしいマウリシオは、「リノのおかげで賢くなった」と言って笑っていた。

——ボリバルに取られてしまうなら、無理にでも自分で払っておけばよかったと後悔したが、もう遅い。

大金に興奮が抑えきれないらしく、しゃがれた声をあげたボリバルは、だがすぐにぎろりとリノを睨んだ。

「悪くない値段だが、だからって許せるわけじゃねえぞ」

「ごめ……ッぐ……ぅ」

ごめんなさい、と謝ろうとするとまた背中を蹴られ、リノは呻き声を呑み込んだ。殴られた顔も、蹴られた腹もじくじくと痛い。

「馬鹿なガキだ。なんのためにこの歳になるまで身体を売らせなかったと思ってるんだ。俺の馴染みの金持ちに、もったいぶって売りつけるために決まってるだろうが！」

どん、と背中に乗った足が、強くリノを踏みつけた。

「あんまり早いうちから客を取らせちゃ、年頃になって買いたい客が増えるころにはすれちまうからな。だから身体だけは売るなって言ってやったんだ、優しいだろう？」

ぐりぐりとボリバルの靴が背中を抉《えぐ》る。

「落ちぶれた娼婦の残した子供なんか、売り物にでもしなきゃ引き取ってやった意味がないのに、我慢してここまで養ってやったんだ。しっかりいい値をつけて買ってもらえるようにな。おまえみたいなおかしな髪でも、初物は高く買ってもらえるんだぜ、知ってるだろう？」

リノは答えなかった――答えられなかった。

痛みと屈辱よりも、冷たい悲しさで胸が苦しい。

身体を売るな、と言われていたのは、養父の私欲のためだったのだ。

ひとかけらでもリノを愛してくれているからではなく、高く売るため。

「それをなんだ、こそこそ隠れてシスリア人にケツを差し出すなんて、おまえは恩知らずもいいとこだ！　買ってくださる旦那も決まってたんだぞ、俺の信用に泥を塗りやがって！　初物だからってうんとはずんでくださる予定だったのに——おまえはどうしようもない馬鹿の、下品な淫売だ。母親に似てな！」

「——ッ、う……っ」

二度、三度と腹を蹴り上げられて転がり、リノはこみ上げる吐き気に口を押さえた。堪《こら》えてもげほっ、と喉が鳴って、血の混じった胃液が指のあいだからこぼれる。

呻くリノを見ながらボリバルは金貨を舐めてポケットに入れ、酒の瓶に手を伸ばした。

「汚した床は綺麗にしておけよ。すんだらケツの中をよく洗っておけ。こうなったらすぐにでも、客を大勢取らせるしかないが、まずは俺の馴染みの旦那の相手をしてもらうからな。——旦那様には、ちゃんと初めてだって言うんだぞ？」

いやらしい視線がリノの身体を這い回る。

「俺は男はごめんだが、おまえは顔がフローラに似ているからな。きっと尻もあいつに似て締まりがいいだろう」

にまにました笑みから、リノは顔を背けた。痛む腹を庇って立ち上がり、雑巾を持ってきて床を拭く。酒を飲みながら監視しているボリバルの前で掃除を終え、裏庭に出て、桶に水を汲み、リノはそのましゃがみ込んだ。

身体の中も外も痛い。この調子では、明日マウリシオに渡すはずだったマーマレードも作れそうにない。

「……馬鹿みたい、俺」

あんな養父を信じて傷ついている自分が悔しい。どんなに乱暴でも心の底では愛してくれているだなんて、あるわけがなかった。世の中はそんなに甘くないと百も承知のはずが、ボリバルを信じてしまったのは、たったひとりでも、この世で愛してくれる人がいると思いたかったからだ。

でも、愛されてなどいなかった。

思い込まずにいれば、こんなことで傷つかずにすんだのに。


マウリシオと待ち合わせた中央広場に行くと、すでに来ていた彼はリノを見て顔をくもらせた。

「リノ――その頬は」

「昨日の夜、片付けしてたら転んだんだ」

リノはフードがわりにかぶってきた布で、左頬を隠した。

昨日ボリバルに殴られたところは赤黒く腫《は》れてしまっていた。水で冷やして多少ましになったものの、マウリシオには気づかれそうだから、布をかぶってきたのだ。

「今日は東側の問屋街に行きたいんだろ？　あっちのほうは治安がよくないから、人が少ないうちに行って、早めに帰ってきたほうがいいよ」

追及されないように先に立って歩きはじめると、腹と背中が疼《うず》いた。どちらもあざになっていて、動くと痛む。

「転んだときに、顔以外もぶつけたんじゃないか？　歩き方が痛そうだ」

よろけそうになって足を踏みしめたリノの横に、マウリシオが並んだ。

「つらいなら、今日は見て回るのはやめにして、どこかに座ってゆっくりしないか」

「大丈夫だって。あんた、街を見て歩けるのは今日までって言ってたよね。屋敷を抜け出すの大変だからって」

「それはそうなんだが……実は、私も足が痛いんだ」

「……嘘」

どう見ても嘘だ。なのにマウリシオは、真面目な顔でかがんで膝をさすった。

「本当だ。連日歩き回っているせいだな。……お、あそこにジュース売りがいる、飲もう」

全然痛くなさそうな足取りで、荷車を引いたジュース売りに近づくと、マウリシオは西瓜《すいか》のジュースを買ってくれた。

「リノ、見てくれ、釣りに石貨ももらえた」

得意げに広げて見せてくれた手のひらにはたしかに銅貨と石貨があって、つい、笑みがこぼれた。一番価値のない粗末な貨幣で喜ぶあたりがマウリシオらしい。

笑うと頬が痛んで顔をしかめてしまい、リノは諦めてマウリシオと並んで石段に腰かけた。

西瓜のジュースは爽やかに甘く、殴られて熱を持った身体に心地よい。一気に半分ほど飲んでしまうとため息が出て、手足から力が抜けた。うっとうしい布をかぶっている気力も失せて、首に巻き直す。

「――ごめん、マウリシオ」

「どうした、急に？」

隣に座ったマウリシオが心配そうに見つめてくる。肩に寄りかかって甘えたい衝動が駆け抜けて、リノは俯いた。

「マーマレード、本当は作ってこようと思ってたんだ。でも昨日は作れなくて……次、また会えるなら、そのときは絶対作ってくるから」

「――リノ」

大きな手が背中に回った。労《いたわ》るように何度も撫でてくる。

「マーマレードは嬉しいが、怪我をしたリノに無理をさせるつもりはないよ。私はいつでもかまわない」

「いつでもって、本当に？」

街を見て回るのは、今日が最後のはずだ。

「ああ。怪我が治ってからのほうがいいから、たとえば一週間後とか」

「――家、抜け出してこられるの?」

「もし抜け出せなかったら、仕方ないからぞろぞろ護衛を連れてでも来る」

「それ、本当にやったら目立ちすぎるよね」

想像すると笑ってしまう。きっと彼のおつきの者たちのほうが、マウリシオよりも貴族らしいに違いない。彼らを従えたマウリシオが貧しい庶民の作ったマーマレードに大喜びする様子は、すぐに噂になって、街の人々はその話題で持ちきりになるだろう。

「……もし、迷惑じゃなかったら、あんたの家まで持っていってもいいけど」

きっと駄目だろうな、と思いながらマウリシオを見上げると、彼は案の定困った顔をした。

「リノ、そのことなんだが……」

「いいよ、ごめん。駄目だよね、俺なんかが立派な貴族の家に行くとか。でも、あんたに直接会えなくても、門番の人にこっそり渡すとかならいいかなと思っただけ」

残ったジュースを一息に飲み干して立ち上がると、荷車に器《うつわ》を返しに向かう。マウリシオは後ろから追いかけてきた。

「リノ、城に来るのが――」

言いかけたマウリシオの言葉が途切れ、駄目ならいいってば、と笑って返そうとしたときだった。

ジュース売りの荷車の後ろや近くの建物から、男たちが寄ってくる。

無表情だったり、にやにやした笑みを浮かべていたり、退屈そうだったりする男たちは皆体格がよく、不穏な気配を漂わせていた。

真ん中にいる男がリノを見て、片頬を歪めて笑った。

「お楽しみのところ悪いが、一緒に来てもらおうか」

「――誰、あんたたち」

「ジバの旦那の使いだよ。ボリバルに頼まれてな、しっかり旦那のところに連れていくようにって言われてるんだ。聞いてるだろう?」

「――」

さあっと顔が熱くなった。昨晩のボリバルの言葉が蘇る。買ってくれる旦那も決まっていた、と言っていた「旦那」とは大商人のジバだったらしい。

「来な」

「いやだ……っ」

いっせいに男たちの手が伸びてリノの腕や肩を摑もうとして、リノは後退りかけた。

その背中を抱きとめられて、一瞬、ひやりとする。ジバの手下の男のひとりが背後にも回ったのかと焦《あせ》ったが、守るように回された腕はよく知っているものだった。

「彼は今私と過ごしている。勝手に連れていかれては困る」

「シスリア人だろ、おまえ。威張るのはかまわねえが、ケチな貴族くらいならジバ様が――」

不遜《ふそん》にも言い返した男の顔色がさっと変わった。周りの誰かが息を呑み、「豹……」と呻くのが聞こえて、リノは上を見た。

自分で脱いだのだろう、マウリシオのフードは完全に外れていて、静かに光る金色の目が男たちを見据えている。

「なんなら、私が直接ジバ様とやらにお会いして話をつけてもかまわないが」

普段は穏やかな声が威厳を持って響く。ジバの手下たちも、さすがに豹頭の貴族に歯向かう気はないのか、じりじりと後ろに下がると、ぱっと身を返して行ってしまった。

「なんだ、あっけないな」

抱きしめてくれていた腕をほどきながらマウリシオはのんびり言い、リノは改めて彼を眺めた。

黒で統一された服はどれも生地が高級そうで、恵まれた逞《たくま》しい身体の上には、小さな耳の立った豹の頭部が乗っている。

異国の人間で、生まれつき全然違う身分の人間なのだ。屈強な男たちが悪態をつくこともなく退散するくらい。

自分とは違う。

「誰だって、豹頭の貴族と争うなんて考えないよ。……ありがとう、助かった」

「タチの悪そうな連中だったし、リノがいやがっているように見えたからとめてしまったが、余計なお節介でなかったならよかったよ」

マウリシオは微笑したあと、すぐに真顔になった。

「なあリノ。もしよかったら、うちに来ないか？」

「……え？」

ぴりっと胸が破けるような心地がした。マウリシオは真剣に続ける。

「その顔、転んだんじゃなくて、殴られた痕だろう。それに今の男たちのこともある。なにか周りでよくないことが起きてるなら、私のところに来ればいい」

「――」

親切すぎる申し出なのに、ひどく悲しかった。こんなとき、素直に喜べない自分はひねくれ者なのだろう。

でも、マウリシオに甘えたくなかった。下働きでも彼の屋敷に入れてもらえれば、きっと今より幸せに暮らせるはずだけれど。

（でも、友人だってマウリシオが言ったんだ。リノには価値があるって。――実際は、マウリシオに比べたら、俺なんてなんにも持ってないけど）

気持ちだけは対等でいたい。マウリシオの前でだけは、彼の認めてくれた価値を汚したくなかった。

誰かに庇護してもらわなければ生きていけないような、弱い人間でいるのはいやだ。

「行けないよ」

「……リノ」

「あんたの家の人も歓迎しないと思うし、なのにあんたに無理を言うのも悪いし。それに」

厚意も受け取れないのだとマウリシオには思われるかもしれなかった。それならそれで仕方ない。

惨《みじ》めで弱い、価値のない存在だと思われるくらいなら、頑固で偏屈だと思われたほうがましだ。

「……それに、俺だってもう一人前だもの。自分のことくらい、自分でどうにかできる」

硬いリノの声に、マウリシオはしおれたように耳とひげを下げた。

「リノ、すまない。そういうつもりで言ったわけじゃないんだ」

「わかってる。あんたは優しいよね。でも、さっきの男たちのおかげで決心がついたよ。いい機会だから、知り合いの商人に頼んで商隊に入れてもらう。そうすれば俺でもトレーダまで行けるから、父さんに会いに行く」

努《つと》めて明るく言っても、マウリシオは寂しそうだった。

「それならいいんだが……商隊というのは、すぐにでも入れてもらえるのか？」

「うん、大丈夫。本当は金貨三十枚を払わないと駄目なんだけど、働けばいいって言ってくれる、いい人なんだよ。母さんの形見があるから、一度家に取りに戻るけど、今日にでも頼んで、明日からは商人の家に住み込ませてもらうよ」

金はボリバルに取られてしまったから、あとは身体を売る約束で商隊に入れてもらうしかない。

だが、どうせここに住んでいても客を取らされるのだ。身売りするなら、ボリバルのためじゃなく、自分のためがいい。

笑ってみせたリノを、マウリシオはしばらくのあいだじっと見つめていたが、やがて視線を逸らした。

「だったら安心だ。私がお節介を焼くまでもなかったな」

「心配してくれてありがとう。……街案内は、ここで終わりでいい？　出発するとなったらやらなきゃいけないこともたくさんあるから、悪いけど」

「ああ、もちろんだ。三日間、こちらこそありがとう」

最初のときのように手を差し出されて、リノはそっと握った。

「……さよなら」

別れたら、今度は二度と会えない。

胸を刺す名残惜しさに負けないようにすぐに離して、じゃあねと明るく声を張りあげる。痛む身体に鞭打《むちう》って走り、路地に飛び込んで、リノはずきずきする胸を押さえた。

街案内を切り上げたのは、弱い自分が顔を出して、やっぱりマウリシオの家に行きたい、などと言ってしまわないためだ。

彼に甘えればきっと楽だけれど——そうしたら、自分はマウリシオがいないと駄目になってしまう。一度頼ることを覚えたら、ひとりでは立てないような、そんな気がするのだ。

ちっぽけな誇りでも、捨ててしまったら弱くなる。

（俺は惨めなんかじゃない）

現実にはリノに価値なんかなくても、生きてはいける。今までも頑張ってこられたように、これからも、ちゃんとできるはずだ。


ジバがリノを買う気でいたことを、リノの馴染みの商人も知っていて、商隊に入れてほしいと頼むと迷惑そうな顔をした。しつこく頼み込むと、どうしてもと言うなら金貨四十枚分は働いてもらうと言われ、リノはそれでいいと返事をするしかなかった。

街を囲む城壁を出て、村へと戻る道を歩きながら、リノの足取りは重かった。

ジバからは連絡が届いているに違いなく、ボリバルと顔をあわせるのが憂鬱《ゆううつ》だ。彼に気づかれずに屋根裏の自分の部屋に入って、形見の手紙だけ持って出られるといいのだが。

村の酒場で飲んでいてくれるといいけど、と思いながら家に着くと、願いも虚しくボリバルは中にいた。帰ってくるリノが見えたのだろう、粗末なドアが大きくひらいて、リノは怒鳴られるのだと思って身構えた。

「ああ、リノ！」

だが、予想に反して、飛び出してきたボリバルは上機嫌で、笑みまで浮かべて両手を広げる。

「待ってたぞ、愛しい息子よ！」

芝居がかったセリフと一緒に抱擁《ほうよう》され、リノは身体を強張らせて困惑した。意味がわからない。

「見てくれ、こんなに可愛い自慢の息子だ。大事な息子だから、本当はこんな金額では渡せないんだが」

「……ボ、ボリバル？」

誰に向かって話しているのかと怪訝に思ったリノは、家の中から出てきた男に目を丸くした。

初めて見る豹頭の男が、二人のシスリア人を連れて立っている。痩せて冷たい顔立ちの彼は鋭い目でリノとボリバルを一瞥した。

「まさか、前言撤回して渡さないと言うつもりではないだろうな？　十分な額は支払ったのだ、欲張るとそれも失うぞ」

「滅相もございませんよ、お役人様。もちろんお渡ししますとも。いくらつまれたって大事な息子を差し出すのは寂しいが、お国のために捧げるなら仕方ない」

「では今日かぎり、そなたの息子は死んだものとして、一切の関わりを禁じる。万が一約束を破った場合は死刑とするから、心得るように」

大仰なボリバルの身振りをほとんど無視した豹頭の男は、顎《あご》を動かして部下に指示する。すっと二人のシスリア人が寄ってきて、「こちらへ」とリノを促した。

どうやら養父は自分をシスリア人に売ったらしい、と悟って、リノは豹頭の男を睨みつけた。冗談じゃない。粘って商隊に入れてもらえることになったのに、今さら知らない貴族に売られるだなんて。

「どういうこと？　捧げるって、誰にだよ」

腰を落として踵を引き、いつでも逃げられるように身構える。豹頭の男はリノを見据えると、仕方なさそうなため息をついた。

「マウリシオ様だ」

「……！」

どうして彼が、と思うと、違う意味で身体が冷たくなった。恐怖や警戒心でなく——痛いように心臓が冷たいのは、悲しみに近い。

「それなら、昼間ちゃんと本人に断ったよ。家に来ないかって誘われたけど、行けないって言った」

「おまえごときの断りなど、あのお方には関係ない」

「関係なくない！　マウリシオなら無理強いなんてしたりしないはずだ。あんたほんとにあいつのおつきの人なの？」

半ば叫んで伸びてきたシスリア人の手を振り払うと、豹頭の男の顔が険しくなった。

「無礼者！　王国の主《あるじ》であらせられるマウリシオ・カリフ様に向かってあいつとはなにごとか」

「——あるじ？」

豹頭の貴族に睨まれる恐怖よりも､呆気に取られるほうが大きくて､リノはぼんやり繰り返した。

「マウリシオ・カリフ、って、じゃあ」

「国王陛下に決まっているだろう、不敬だぞ。まったく、マウリシオ様はおまえのなにが気に入ったんだか。ジャム作りも果樹を育てるのも、宮殿にはおまえよりももっと腕利きがいるというのに」

苦々しげに吐き出され、本当にマウリシオの部下なのだ、とわかった。

ということはつまり――マウリシオが王というのも、本当なのだろう。

「さあ来い。ごねるなら、ここで殺しても私はかまわないんだぞ」

豹頭の男はリノの手を掴んだ。リノは慌てて首を振った。

「待って！　行くから……母さんの形見だけ、持っていかせて」

「形見か。……本来なら宮殿にはおまえの私物など持ち込めないんだが、仕方がない。それだけだぞ」

取ってこい、と乱暴に突き放されて、リノは屋根裏の小さい自分の部屋に向かった。

ベッドの枕の下から古い手紙を取り出し、階下に戻る。そのあいだ、ボリバルはもうリノなど存在しないように、テーブルについて大きな革袋の中の金貨を数えていた。

あんなに払ったのかと、また心臓が冷たくなった。たぶん百枚はある。一国の王ならばたいしたことのない額でも、そんな大金を用意されたら、誰も逆らえない。

どうあっても来いということか、とリノは唇を噛んだ。

百枚の価値があると考えてくれたのかもしれないが――マウリシオなら、金にあかせて言うことをきかせるような真似はしないと思っていたのに。

顔を見たら、嘘つき、となじってしまいそうだ。友人だとか言ってくれても、結局はジバと一緒で、リノを物のように買うのだ。

早くしろ、とこづかれて、家の脇にとめてあった馬車に乗せられると、無力感がこみ上げた。

金貨百枚分を働いて返すとしたら、何年かかるかわからない。四十枚だって、身体を売ってもどれだけかかるだろうと気が遠くなりそうだったのだ。

でも、絶対に言いなりになんてならない。

リノはそっと形見の手紙を握りしめた。


ラナスルの街の北東、小高い丘の上にあるアルアミラ宮殿は、昔は要塞だった場所だ。長い歴史のなか、何度も主人を変えて改築されてきたが、今は豪奢《ごうしゃ》な王宮へと姿を変えている。

王国の首都コリドは周囲を山に囲まれており、夏は暑くて冬は冷え込むので、一年を通して比較的過ごしやすいラナスルにある宮殿は、年に二回、王の住まいになるのだ。

街中から見上げることはあっても近づいたことのないアルアミラ宮殿は、そばまで行くとその広大さがよくわかった。高い壁の内側は貴族たちの暮らす屋敷が立ち並び、宮殿はさらにその奥の城壁に囲まれた中にある。

リノを乗せた馬車は、奥の城壁にある大きな正門ではなく、小さな通用門をくぐったところでとまった。

降ろされたあとは迷路のような通路を進んでいく。厩や菜園が並ぶ区画を抜け、木戸を通ると整備された庭が広がっていて、リノは目を瞠った。

綺麗な四角に刈り込まれた緑の植え込みが壁のようになって、ここも迷路のようだ。そのあいだからは薔薇やリノの知らない花が咲き乱れているのが見えた。

しばらく進むと見事な噴水のある石の庭に出た。飾りの施されたアーチの向こうは建物の内部で、足を踏み入れるとひんやりと涼しい。

あちこちに火が灯されているおかげで暗くはなく、天井や壁が美しいモザイク模様になっているのもよく見える。

廊下から小さな広間に着くと、そこでは長い衣をまとった女官が二人待っていた。リノを連れてきた豹頭の男に向かって、彼女たちは恭しく頭を下げる。

「入浴させろ、汚いからな。終わったら私が部屋に連れていく」

「かしこまりました、ナスーリ様」

冷たい顔の男はナスーリというらしい。汚いってなんだよ、とむっとしたが、リノは黙っていた。とにかく一日、マウリシオに会いたい。直接会ってこんなことをされても困ると断るまでは、逆らうのはまずいだろう。

ナスーリにかわってリノを浴室まで案内してくれた女官二人は、そのまま服に手をかけた。

「ちょっ……い、いいです、自分で脱ぐから！　風呂くらい入れる」

「いいえ。お世話するのが決まりですから」

リノとそう年が変わらないように見える女性なのに、二人はてきぱきとリノを裸にすると、薄いカーテンを持ち上げて湯殿に連れ込んだ。

豪華な宮殿にふさわしく、湯殿も広い。丸くくり抜かれた大理石の中にはたっぷりお湯が張られていて、そのお湯は壁際の彫刻の獅子《しし》の口から絶え間なく吐き出されていた。湯気で湿った空気は、花の香りが濃密に漂っている。

——こんな風呂は知らない。

呆然とするリノを、女官二人は本当に洗った。

丹念に香油を塗り込んで汚れを浮かせ、たっぷりのお湯で流されたあとは、強制的に湯の中に浸からされ、上がったあとには香水を振りかけられた。風呂に入れられているあいだにリノの着てきた服と靴はどこかに片付けられてしまい、見たこともない薄い布でできた服を着るしかなかった。

上は幅の狭い布で胸元を覆うだけ、ウエストをキュッと絞る帯のついた下衣は前後に透けるほど薄い布が垂れているだけだから、すうすうと心もとない。靴はほとんど靴底しかない作りで、くるぶしで紐を結ぶようになっていた。

踊り子の衣装みたいだと思いながら表に出ると、ナスーリが待ち構えていて、軽蔑するような目つきで一瞥した。

リノはきっと睨み返す。

「ねえ、手紙。服と一緒に置いてあっただろ、返してよ。あれが形見なんだってば」

「――これか」

ナスーリは面倒そうに懐から手紙を出すと、リノに手渡した。

「害がないようだから持っていてもかまわないが、返すかわりに約束してもらおう」

「……なに？」

「決して陛下のご愛情を受け入れないように」

ナスーリはさっさと歩き出してしまい、リノは急いで追いかけた。長い裾《すそ》が絡んで歩きにくい。

「どういう意味？　そっちが無理やり連れてきたくせに」

「それがマウリシオ様のご意向だったからだ。だが、おまえが頑《かたく》なに拒めば、そのうちお目も覚めるだろう」

「……そりゃ、俺だって、お城に置いてもらいたいなんて思ってないけど」

ずいぶん勝手な言い草だと呆れると、ナスーリは小馬鹿にした表情で振り返った。

「もしやその初心《うぶ》なところが気に入られたのか。意味がわからなかったなら言い直してやる。決してマウリシオ様に抱かれるな、ということだ」

「抱かれるって」

なにを言ってるんだ、と笑いそうになって、リノは立ち尽くした。

抱く？　マウリシオが自分を？

「どうした、さっさと来い。知らなかったならそのままでいい、正直に陛下にもそう申し上げて、徹底的に拒め」

横柄に言い放ったナスーリに手を引かれ、リノはつんのめるようにして歩いた。衝撃のあとからふつふつと怒りがこみ上げてきて、燃えそうに身体が熱い。

結局、自分の価値はそれだけなのか。否、わきまえてはいるけれど——でも。

噴水の庭を横に見ながら階段を上がり、より奥へと案内されていきながら、リノは何度も唇を噛んだ。

やがて「ここだ」と通されたのは、円形のサロンを囲むように並ぶ部屋のひとつだった。サロンに面して、長椅子の置かれたスペースがあり、カーテンで区切られた奥の部屋には大きなベッドがある。ドーム状の天井はここも見事なモザイク模様で、梁は金色に輝いていた。壁の棚には花が飾られ、甘い香りを振りまいている。

「ここでお待ちしろ。――くれぐれも、はしたなく脚をひらくような真似はするな」

「っ、誰が、」

言い返すより早く、ナスーリは踵を返して出ていってしまう。ひとりになるとあたりはしんと静まり返っていて、リノは不安になってきて服を掴んだ。

見たこともないほど厚みのあるベッドに、なめらかな絹の上掛け。置かれた小さな丸テーブルと椅子は精緻な細工がほどこされ、その足元に敷かれた絨毯は細かな模様で彩られている。壁際には引き出しのある棚があり、その上に置かれた蠟燭《ろうそく》はいい香りのする極上品だ。

なにからなにまできらびやかなこの宮殿で、本当にマウリシオは暮らしているのだろうか。

もしナスーリがリノを騙していたとしたら？　見ず知らずの横暴な豹頭の男がやってきたら、逃げられるだろうか？

誰も来ないうちに逃げ出したほうがいいかもしれない、とそっとカーテンから顔を出すと、ちょうどマウリシオが前室に入ってくるところだった。銀色のトレイをかかげ持った彼は、リノを見るとほっとした表情を見せた。

「リノ、無事でよかった」

よかった、とリノも安堵《あんど》しかけたが、寝室に入ってきたマウリシオはリノの格好をしげしげと見ると、なんとも言えない声を出した。

「……なかなか刺激的な格好だな」

「こ、これは、勝手に用意されてて、着るしかなくて……！」

透けてしまいそうな布を押さえて背を向けると、マウリシオは「悪かった」と謝ってくれた。

「踊り子が着るような服だ。ナスーリのいやがらせだな」

「……あんたが俺のこと、金で買うような真似をするからだろ。どういうつもりだよ」

ちらりと振り返ると、テーブルにトレイを置いたマウリシオが手招きした。

「方法が無礼だったことは詫びるよ。お茶とつまめるものを持ってきたから、食べないか？　腹が減ってるんじゃないかと思ってな」

「腹なんか減っててもどうでもいいよ」

食べ物で懐柔されるものかと睨んだが、同時にきゅるる、とお腹が鳴って、リノは赤くなった。

そういえば、マウリシオと西瓜ジュースを飲んだ以外、今日はなにも口にしていない。

マウリシオは笑って近づいてくると、肩を抱き寄せた。

「座って食べるといい。食べているあいだに説明するから」

誘導され、リノはしぶしぶ椅子に座った。たっぷり綿のつまった座面はやわらかく、びっくりするくらい座り心地がいい。

トレイには、リノには見慣れないものばかりが並んでいた。お茶を淹れながら、マウリシオが教えてくれる。

「これはトリハ。甘い揚げパンだな。白いのは山羊《やぎ》のチーズで、揚げパンと食べてもうまい。串に刺さっているのは羊肉と茸《きのこ》を焼いたものだ。この三角のはバスティラといって、シスリアではよく食べる料理だ。小麦粉の生地の中に、刻んだ鳩肉《はとにく》を包んで焼いてある」

羊肉なら食べたことがある。串に手を伸ばして肉と茸を一緒にくわえて抜き取り、嚙むとじんわりうまみが広がった。おいしい、と感じると我慢できなくなって、リノは次々に口に運んだ。

「全部リノの分だから、ゆっくり食べなさい」

自分はお茶だけ飲むマウリシオが楽しそうに目を細め、リノは赤くなった。

「食べ物は、嬉しいけど。でも俺、自分のことは自分でできるって言ったよね？」

「それなんだがな。リノ、知り合いの商隊に入れてもらうには、金貨三十枚かかるって言っていただろう？　それが払えないなら働けばいいと言われていると。聞いたときはそういうものかと思ったんだが、怪我もしていたし気になってな。それで人に尋ねてみたら、その金額はぼったくりで、働くというのは身売りだろうと言われて」

「——身体を売るのだって仕事だ。無理強いされるわけじゃない、納得してやるんだからいいだろ」

「だが、金額をふっかけるようなやつなら、売春の売り上げだって不当に巻き上げるかもしれないだろう？　トレーダまでちゃんと連れていってくれるかも怪しい」

冷静にそう言われてしまうと返す言葉がない。押し黙ると、マウリシオは優しい顔をした。

「そんな悪いやつを頼るくらいなら私を頼ってほしいと思ったんだが、リノが言っていた商人が誰だかわからない。一度家に帰ると言っていたから、闇雲に探すよりは、家で待つほうがいいと考えたんだ。それをナスーリに反対されて」

「……あの、おつきの人だね」

「私の副官だ。彼に、もういい加減、地元の村人などにかまけるのはやめろと言われてね。しかしどうしても、二度ときみに会えないのはいやだった。危険があるとわかっていて見過ごす気になれなくて、だったら後宮に召し上げる、と言ってしまったんだ」

「そうだったんだ……」

聞くと、ふうっと心が軽くなった。では、マウリシオは金でリノを自由にしようとしたわけではなかったのだ。

最後に残したトリハを口に入れ、初めての「お茶」を飲む。聞いたことはあるが、茶葉は高級品だから、リノには無縁の飲み物だった。

「——これ、苦いけど、おいしいね」

「気に入ってもらえてよかった。おかわりは？」

「うん、ありがとう」

お茶を注ぎ足してくれたマウリシオは、じっとリノを見つめてくる。

「トレーダにいるはずの父親には会いにいけるよう、私が責任を持って取り計らおう。だから、できればリノには、ここに住んでほしい」

「それは、嬉しいけど……でも、置いてもらうわけにはいかないよ」

宮殿でリノが役に立てるとも思えなかった。ナスーリには直接釘を刺されたくらいだから、いくらマウリシオがいいと言ってくれても、ずっと厄介になるわけにもいかない。だったら、早くに出ていったほうがいい。

「ボリバルに払ってくれたお金の分は、一生かかるかもしれないけど、働いて返すから。トレーダにも、自分でどうにかして行く」

きっぱり言うと、マウリシオは寂しそうに耳を寝かせた。

「やはり、私では頼り甲斐《がい》がないだろうか」

「違うよ。でも、一生マウリシオを頼って生きていくわけにもいかないだろ」

「私は、リノに一生そばにいてほしい」

すっと手が伸びた。こめかみから髪を梳《す》かれ、リノは目を見ひらいてマウリシオを見つめた。

「きみを後宮に召し上げると言ったとき、自分で気がついたんだ。無理をしてでも連日城を抜け出して会おうとしたわけも、二度とリノに会えないのはいやだと思ったわけも、ひとつしかないと」

夜のせいか大きく見えるマウリシオの瞳が、まっすぐにリノを見ている。頬を包むように手を添えられ、リノは身じろぎもできなかった。

「私は、きみが愛しい」

「いと、しい……?」

「きみを好きになったんだ」

あまい囁きと一緒に親指で唇を撫でられ、ひくりと身体が震えた。マウリシオはすぐに指を離し、かわりにリノの手を取った。

「もちろん、無理強いをする気はない。リノはここでゆっくり過ごして、そのあいだ私を品定めしてくれればいい。身の安全は保証する。ラナスルの土地の民でも、側室のひとりならばナスーリも駄目とは言えないし、私の寵愛《ちようあい》を受けている者に愚かなことをする人間はいないから」

寵愛、という耳慣れない単語に顔が熱くなって、リノは顔を背けた。

「好き、とか、だって、今日を入れてもたった四日しか、会ってないのにおかしいよ」

「たった四日でも、リノのいいところはたくさん見せてもらった」

「どこがだよ。最初は騙して金貨をせしめようとしてたんだぞ」

「でも、いくら言っても返そうとしてくれた。それに、豹頭のシスリア人だと知っても態度を変えなかったのはリノだけだ。いやな顔をしないで、親切に街を案内してくれたじゃないか」

椅子から立ち上がったマウリシオは、リノの手を持ったまま、傍《かたわ》らに膝をついた。どきりとして身構えたリノを見上げ、手の甲に口づける。

「リノが許してくれるなら、私はきみを、妻として迎えたい」

「……っ」

触れた唇は熱かった。ずきずきと胸が痛んで、リノは困ってしまう。

マウリシオのことは嫌いじゃない。昨日までの三日間、彼と過ごした時間は楽しくて、ずっと友達でいられたらとさえ思った。二度と会えないのが悲しく、離れがたくて胸が痛むくらいに。

それはたしかに、ほかの誰にも覚えたことのない強い好意だけれど、この感情が恋というものだとしても、マウリシオの申し出に頷くのは――怖い。

「マウリシオは、今までにも好きになった人はいる?」

そう聞くと、マウリシオは困ったように眉間に皺を寄せた。

「そうだな。嘘をつくわけにはいかないから正直に言うが、一度もなかったわけじゃない」

「――だよね」

「初めての恋でなければ信じられないか?」

「信じられないっていうか」

まだ持たれたままの手が熱っぽい。そっと引こうとすると握りしめられて、喉の奥がきゅんと痛んだ。

ありがとうマウリシオ、嬉しい、と言って彼の胸に飛び込めたら、その瞬間はきっと幸福だろう。幸福感は想像がついて、だからこそ、怖いのだった。

「母さんは、ひとりで俺を産んだって言ったよね。どんな経緯《いきさつ》があったかわからないけど、村に戻ってきて、身体を売りながら苦労して俺を育ててくれた。身体を壊して死んじゃうまで、毎晩泣いてたよ。もう一度だけでいいから父さんに会いたいって」

「――気の毒に」

「俺も子供ながらに悲しかった。どうして父さんはここにいてくれないんだろうって、恨《うら》みに思ったこともある。母さんが泣くと、俺まで不安で悲しくて……マウリシオが好きって言ってくれると、どうしてもあの気持ちを思い出す」

「リノ……」

「怖いんだ。俺はほんとは全然強くないから、一度マウリシオがいるのに慣れたら、いないと駄目になると思う」

「では、生涯私とともにあればいい」

簡単なことのように言うマウリシオは、本気でそう思っているのだろう。だが、リノは再度首を横に振った。

「できるわけないよ。あのナスーリって人だけじゃなくてみんなが、地元の村人なんか宮殿にはふさわしくないって、思ってるはずだから」

「反対されても、私の伴侶なんだ。決めるのは私でもいいはずだ」

「王様だからわがまま言っても許されて、みんなが我慢すればいいって？　そんなのマウリシオらしくない」

マウリシオは虚をつかれたように黙り込んだ。リノは手をそっと引いて、笑ってみせた。

「きっとね、俺の母さんと父さんも、周りに祝福されない恋だったんじゃないかなって思うんだ。じゃなかったら、母さんがひとりで村に帰ってきて、ひとりで産むなんてしないはずだ。普通は結婚して、同じ家で暮らして子供を産むんだもの。周りから祝福されないって、不幸のもとだと思う。マウリシオだって、みんな内心では反対してるんだって思いながら俺といても、きっといい気分がしないよ」

どうにか諦めてほしかった。ちゃんと話せば、マウリシオならわかってくれるはずだ。

そう思ったのに、マウリシオは予想に反して、感心したようなため息をついた。

「リノ……きみは、本当に聡明だな」

「――褒めて誤魔化す気？」

「誤魔化してなどいない。たしかに私のわがままで反対を押しきって伴侶を決めるというのは、王としてはふさわしくない振る舞いだ。だが、皆に認めてもらえればいいわけだろう？　リノなら、そのうち絶対に認めてもらえる」

リノも思わずため息が出た。感心したわけではなく、呆れたのだ。

「自分で卑下《ひげ》するようなことは言いたくないけど、マウリシオは俺のことをよく思いすぎだよ。力もなくて、学もなくて、身分も低くて貧しくて、特別なものなんかなにもないんだ。偉い人たちが納得してくれるなんて、あるわけないから」

どんなに胸を張ったところで、夫のいない娼婦の息子で、寒村育ちで、養父に殴られ、いくら働いても貧しくて、村では疎まれ、街では馬鹿にされる、それだけの存在だ。カリフ国王につりあう人間だと思われるわけもない。

睨むようにマウリシオを見つめると、彼はにこりと笑った。

「ではこうしよう。日当が金貨一枚ということで、きみはアルアミラの後宮に滞在してくれ。街案内に対価を支払うのと同じだと思ってくれればいい。きみの養父に支払った額は金貨二百枚だから、二百日いてくれれば稼げる」

それって意味がないのでは、とリノは顔をしかめたが、マウリシオはかまわず続けた。

「そのあいだ、私はリノが私のことを愛してくれるように努力する。リノが私を好きになってくれたら、求婚を受け入れて、ほかの者がリノの存在を認めるように、きみも努力する。こうすれば公平だろう？」

「――うん、まあ、そうかもしれないけど」

「この申し出を受けてくれるなら、報酬は別途、トレーダまで必ず連れていくということでどうだろう」

「…………そうやって物で釣るの、ずるいよ」

思いきり眉をひそめると、マウリシオはリノの服の裾を持ち上げた。手の甲にするのと同じように、恭しく口づける。

「恋をするとずるくもなるんだ。――リノ。きみが私を好きになってくれるよう、努力する機会

「をくれ」

きゅう、と胸の底が疼いた。

ここまで言ってくれるのは、もしかして、マウリシオが本当に自分を好きになったからなのだろうか。

好いてもらえるほど、本当に価値があるだなんて、リノにはとても思えないけれど。

そう、返事する以外になかった。二百日経とうが四百日経とうが、彼と結ばれるわけにはいかないと思うけれど――。

「……わかった。しばらくは、ここに置いてもらう」

「マウリシオ。……その、ありがとう」

「なんの礼だ？」

「好きだって誰かに言われたの、初めてだから」

言われればこんなに嬉しいのだと、初めて知った。喜びを与えてもらって無下にできるほど、リノは無情にはなれなかった。

おずおずと見つめると、マウリシオはひどく嬉しそうに笑った。

「それは光栄だな。リノの初めての相手とは」

「ま、まだ相手になるって決まったわけじゃないだろ」

「なれるように努力するよ。お茶はもう飲まないなら、下げさせよう。リノはベッドに入るといい。その小さなドアの向こうで顔を洗えるから」

「うん」

トレイを持ったマウリシオが部屋を出ていき、リノは小部屋で口をすすいだ。洗面台は陶器でできていて、宮殿ってこんなところまで豪華なんだな、と感心して戻ると、マウリシオはベッドに上がっていた。

「……ここ、もしかして、マウリシオの部屋なの？」

「違うが、今日はここで寝ることになってる」

マウリシオは冗談を聞いたみたいにくすくすと笑う。リノは困って部屋を見回した。ほかに眠れそうな場所はない。石の床は土の上より冷たそうだし、服も薄いから寝にくそうだが――マウリシオがベッドで寝るなら仕方ない。

なんとなくベッドから距離を置いて寝ころがろうとすると、マウリシオが慌てた声で呼んだ。

「なにしてるんだ。こっちに来て、布団に入らないと風邪を引く」

「だって、マウリシオがいるのに」

「一緒に寝るに決まっているだろう」

「一緒って、だって」

それは駄目じゃないか、と思ってから、リノは気づいて真っ赤になった。

そういえば、ナスーリは「抱かれるな」と言った。ここは後宮で、マウリシオはリノのことが好きだと言ったのだから、つまり、同じベッドに入る、ということは。

「っ、しばらくここにいるって言ったけど、最初にそういうことするのは、だ、だめだろ！」

誰とも、そういう行為をしたことはない。そもそも、リノはその行為で具体的にどうするのかもよく知らなかった。ただ、母や娼館の女性の様子からして、痛かったり苦しかったりすることだけはわかる。

「俺は痛いのとか、絶対やだからな！」

「もちろん、誓ってなにもしないよ」

上掛けを持ち上げて、マウリシオはゆっくり言った。

「きみは怪我をしてるんだし、していなかったとしても無理強いをする気はない。今日はただ眠るだけだ。リノがこっちに来てくれないなら、私も床で寝るぞ」

「——、……ずるい」

今日のマウリシオはなんだかずるい。リノが断れない言い方ばかりをするなんて。

「——ほんとに、ほんとになにもしない？」

「絶対にしない」

「や、約束だからな」

そろそろと近づいてベッドに上がると、マウリシオは場所をちゃんとあけてくれた。上掛けの位置を直し、リノの髪を撫でつける。

「おやすみ、リノ」

「……おやすみなさい」

優しい手つきに、心臓がどきどきと音をたてた。

眠る前の挨拶なんて、うんと小さいころ、母としかしたことがないから、子供に戻ったみたいに心もとない。マウリシオの視線から逃げるように背を向けても、後ろには確かな体温が感じられ、リノはなかなか寝つけなかった。


リノの部屋が面している丸いサロンはハル・パハロ《鳥広間》と呼ばれていて、それは寵愛を受ける後宮の乙女たちを鳥に例えてのことなのだそうだ。ハル・パハロを囲んで六つの部屋があり、そうした後宮の円塔は、アルアミラ宮殿の奥に四つ存在している。

四つの塔は空中回廊で結ばれていて、真ん中の中庭が見下ろせた。ブーゲンビリアが咲き乱れる中庭ももちろん美しいけれど、リノは回廊から、遠く見えるラナスルの街を眺めるほうが楽しかった。

宮殿の後宮におさめられて十日。街が恋しくない、と言ったら嘘になる。なにしろ、後宮は暇すぎるのだ。初日はあまりに静かで誰もいないのかと思ったが、翌日になるとどの部屋にも女性がいて、彼女たちが一緒に過ごすサロンはなかなか賑やかだ。

賑やかなのだが。

「あらリノ、またそんなところにいたの？　お茶を淹れてもらったから、あなたもいらっしゃいよ」

回廊に顔を出した女性が声をかけてきて、リノは仕方なく手すりを離れた。回廊の手すりもほかの様々な場所と同じく細かな飾り彫りが施されていて、最初こそ触るのをためらったが、宮殿ではなにもかも飾りがついているので、慣れてしまった。

サロンに戻ると女性たちが五人揃っていて、そのうちの四人がいっせいにリノを見、いっせいに視線を逸らした。残るひとり、リノを呼びにきた女性だけが、「リノ」と綺麗な声で呼ぶ。

「あたしの隣に座りなさいな。ほかの方はいやみたいだから」

「そうするよ、カメリア」

カメリアはシスリア人ではなく、半島生まれの人間だ。豊かな黒髪と女性らしい曲線を描く身体の持ち主で、迫力のある美貌は自信に溢《あふ》れている。

リノが彼女の隣の椅子に座ると、向かいで髪を結い上げた女性がつんと顎を上げた。

「庶民同士、気があうんでしょうね。宮殿の水があわないのでしたら、いつでもお帰りになったらよろしいのに」

露骨な嫌みに、彼女の左右にいた女性たちも頷く。

「マウリシオ様は伝統あるシスリア皇室の直系のお方なのに、後宮に野良猫がいるだなんて外聞が悪いですわよね」

「ナスーリ様もお嘆きでしたもの。暴君ネリーじゃあるまいし、男を後宮に入れるのはいかがなものかって」

棘のある口調と一緒に睨まれても、腹は立たない。リノだって自分が場違いだと思うし、王様に愛されたいと思う女性から見たら目障りで当然だ。理由がはっきりしているうえに納得できるので、村で言われる悪口よりもずっとよかった。

お茶を飲みながら聞いていたカメリアは、華奢《きゃしゃ》なカップから口を離すと、赤い唇で微笑んだ。

「ほんと、急ごしらえで集められたお嬢様方が焦ってしまうのも無理ないですわよねえ。もちろんあたしとリノは気があうわ。だって、あたしたち二人だけですもの。この中で後宮に来るより前から、マウリシオ様と話をしたことがあるのは」

カメリアにふふん、と得意げに笑われて、四人の女性たちは屈辱で真っ赤になった。

「は、話をしたって、どうせ大したことないんでしょう、わかってますわ！」

「首都で催された宴に招待されたのよ。綺麗な歌声だって褒めていただいたの。大したことないかもしれないけど、じゃ、あなたはそのたった一言でも陛下に声をかけていただいたことがあるかしら？」

やりとりを聞きつつ、リノは黙ってお茶を飲んだ。

お茶は慣れると苦味よりも、香りのよさや後味のさっぱりしているところが強く感じられて癖になる。貴重品の砂糖も小さな塊が綺麗な器に入れて置かれていて、ひとつ落とすとまろやかな味わいが楽しめるのだった。

（一生分の贅沢をしてるみたい）

ふう、と息を漏らすと、カメリアがちらりと視線をよこした。

「でも、あたしもがっかりだわ。歌が好きな王様だから、おまえの美貌なら寵愛を受けていい思いができるぞって言われて来たのに、こーんな痩せっぽちの男娼に負けるなんて」

「そうですわよね！」

まだ赤い顔をしている女性が身を乗り出す。

「何度いらしてもこのチビばっかり！」

「チビじゃないよ、あんたより背ぇ高いだろ」

思わずぼそっと呟《つぶ》いたら、彼女は耐えきれないように立ち上がった。

「わたくしは貴族リドリーの娘です！　本当ならおまえなんか口もきけないのよ！」

だったら放っておいてくれたらいいのに、と呆れたところに、ちりん、と鈴の音が響いた。マウリシオが後宮にやってくる合図だ。

後宮にマウリシオが来る時間は、前日や当日の朝に伝えられる。主たる王を、女たちは揃《そろ》ってサロンで出迎えるのが決まりだった。

慌てて座り直した女性をはじめ、カメリアも含めてみんな髪飾りや服の裾を直して待ち受ける。

ほどなくマウリシオが姿を見せて、勢揃いしているリノたちを見回して微笑んだ。

「今日も賑やかそうでいいな。――リノ、おいで。食事にしよう」

「……うん」

この瞬間がいやだから、いっそ出迎えの決まりを破ろうかと考えて、わざわざ広間ではなく回廊にいたのだが――女性たちの視線が痛い。

舌打ちが聞こえないのが不思議なほど、ぴりぴりと殺気立った空気に申し訳なく思いながら、リノは立ち上がった。

ハル・パハロから外へ通じる廊下は、後宮の者だけでは通れない。黙然と立つ警護の前を、ぺこりとお辞儀をしつつマウリシオに連れられて通りすぎたあと、三階から階段を降りて外へ出る。

彼が向かったのは庭の一角だった。

緑の生垣で囲われた広いスペースには薔薇《ばら》が花をつけていて、下植えはハーブやリノの知らない可憐な花がいくつも咲いている。真ん中にある石のテーブルのそばではすっかり顔馴染みになった給仕が待っていて、料理と酒、飲み物を並べてくれた。

「今日はシスリア風だな。これはマンサフ。米とひき肉と野菜をスパイスで炒めてある。こっちはクフタと言って、羊肉とスパイス、ナッツを刻んで交ぜて、焼いたものだ」

また食べたことのない料理だ。覚えたのは小皿に入った野菜や豆のペーストくらいで、これは好きにパンにつけて食べる。デザートはたっぷりの果物のヨーグルト和えで、葡萄酒や西瓜ジュース、オレンジジュースはほしいだけ飲める。

リノは西瓜ジュースを銀のカップに入れてもらい、小さな声でお礼を言った。なにかしてもらうというのには、いまだに慣れない。

マウリシオが給仕の者を下がらせると二人きりになって、リノはパンにマンサフを載せながらマウリシオを見つめた。

「毎日昼だの夜だの、食事を一緒にしてくれるけど、いいの？　偉い人と食事したりとかあるんじゃない？」

「そういうときは前もって言うよ」

「……ほかの女の人も誘ってあげればいいのに」

「リノと食べるのが一番うまいし、私が気を引きたいのはきみだけだ」

向けられた微笑みも声もやわらかくて、リノは目を伏せた。

これもまだ慣れないことのひとつだ。もう慣れた、と思おうとしても、少しずつ心臓が速くなっていく。

好意は、とてもくすぐったい。くすぐったいけれど、腹の底がうずうずするような感覚は不快ではないのが不思議だった。何度マウリシオに言われても、優しい眼差しを向けられても、毎回そわそわと身体がざわめく。

（魔法にでもかけられてるみたい……）

耳までぼんやり熱くて、リノは食べ物を口に押し込むしかない。

マウリシオはそんなリノをじっと見つめながら、料理を取り分けてくれた。

「リノが後宮でやっかまれているのは想像がつく。だが、気にしないで毅然《きぜん》としていればいい。彼女たちはナスーリが慌てて集めてきただけで、私が望んだわけではない。彼女たちもそれは承知しているはずだ」

「……やっかまれてるって、知ってたんだ？」

「女性の声はよく響くから、廊下を通って近づくと聞こえてしまうんだ。不愉快だろうが、相手をしなければ、みんなそのうち諦める」

「不愉快ではないんだけどさ」

なんとなく申し訳ないのだ、とは、マウリシオには言えなかった。

（俺が本気でマウリシオに愛してほしいって思ってるなら、彼女たちだって諦められたかもしれないけど。応える気もない人間ばっかり贔屓《ひいき》されたら、そりゃいやだよな）

そう説明すれば、いくら求愛されても無駄なのだと言うのと同じだ。

愛情を向けられれば舞い上がりそうに嬉しいけれど、応えるわけにはいかない。けれど、二百日経ったらどうするか返事をする決まりなら、それまでは無駄にマウリシオを傷つけたくなかった。

リノはパンと一緒にため息を呑み込む。

問題は、自分が二百日も耐えられるか、ということだ。

「食事が終わったらオレンジの樹を見にいこう。仲のいい庭師を待たせてあるんだ。うちの庭でも大きくて甘いオレンジになるように、リノの知っていることを教えてやってくれ」

「それはかまわないけど、こんなずるずるした服じゃ庭仕事なんてできないよ」

後宮においでなのですから、と女官が譲ってくれないので、リノも女性たちと同じ服だ。たっぷりドレープの寄った異国風の上衣は、布を胸元で重ねるだけで、ボタンはついていない。ウエストは刺繍《ししゅう》の入った帯で締め、下は引きずるほど長いスカートだった。全然似合わない服で出歩くのは恥でしかない。

「靴もすっごい歩きにくいし」

「サンダルだろう？　樹のところまでは私が抱いて運ぶよ」

こともなげに言われ、リノはぱあっと赤くなった。

「いいよ、自分で歩く！　抱いていってって頼みたくて歩きにくいって言ったんじゃないから！」

「わかったわかった、今度普通の服も用意するように言っておく。でも今日はここで着替えるわけにもいかんだろう。我慢してくれ」

宥《なだ》めながら、マウリシオはひどく楽しそうだった。

きゅっと目を細めてリノを見つめ、耳は横向きに寝たままだ。くつろいで幸せな気分だと、耳は横に倒れるのだと教えられて以来、ぴっと下がった耳を見ると変な気持ちになる。夜一緒に眠るときも、マウリシオの耳はいつもこうなのだ。

今は服に隠されて見えないが、長くて太い尻尾もあって、それで大事そうに巻き込まれると、全身を包まれている感じがする。十日も添い寝を続けられたら、尻尾で優しく叩かれるのも、ほんのり色っぽいマウリシオの匂いにも慣れて、朝までぐっすり眠れるようになった。

「どうした、そんなに見つめたりして。なにかほしいか？」

「っ、ううん、なんでもない」

いつのまにか見つめていたことに気づいて、リノは目を逸らした。

マウリシオはまだこちらを見ている。その視線を感じるとまた、肌の内側が疼くような、震えてしまいそうな心地がした。

とにかく慣れていないのだ、こういうのは。疎ましがられるのが日常だったせいで、あからさまに好きだという態度を取られると、反応に困る。

困るだけじゃなくて——崩れてしまいそうで、怖い。

食事を終えるとマウリシオは本当にリノを抱き上げて、生け垣の迷路を進んで別の庭に出る。

「マウリシオは、この庭で迷わないの？」

「ああ、少しずつ匂いが違うからな。迷路みたいになっているのは、万が一ここまで外敵が入り込んでも、迎え撃ちしやすいようにだ」

「宮殿に住むのも大変だね」

　庭師も大変そうだ、と思ったが、広大な庭はどこも、文句のつけようがないほど整えられていて、汚れたりみすぼらしくなっていたりするところはひとつもなかった。

　着いた果樹の庭で待っていたのは、ベリア半島生まれの朴訥《ぼくとつ》そうな男だった。リノを見ると胸に手を当てて挨拶してくれ、「もしかして、街まで会いに行かれていたというお相手ですか」と言う。

「そうだ。とても聡明なんだ。オレンジにも詳しい。――リノ、どうだろうか。うまいオレンジを作るには、肥料のやり方にもコツがあるんだよな」

「コツはあるけど……」

　リノは庭を見回した。広くて陽当たりはいいが、水はけはあまりよくなさそうだ。

「オレンジは斜面で育てたほうがいいよ。肥料は木の根元より、少し離れたところでぐるっと円をえがいて埋める。花も、ここだったらもう少し間引いたほうがいいと思うけど」

「肥料を離すんですか。それは聞いたことがなかったので、やってみます。花はこれでも間引いたんですが、あまり少なくすると、お花を楽しみたい方から見ると寂しくなりますので」

　庭師は言いにくそうに額を拭った。

「宮殿のお食事に使うオレンジやなんかは、城の裏手の斜面が果樹園になっているので、そちらで育てているんですが……マウリシオ様がどうしても庭でオレンジをもぎたいと」

「そう言われると私がとんでもない暴君みたいだな。でも、裏の畑のほうには私は入れてもらえないから」

「もしかして、わざわざ植え替えたの？」

呆れて見上げると、マウリシオは「だって」と拗《す》ねた声を出した。

「シスリアにいたころから憧れていたんだ。カリフではそこらじゅうに果物の樹があって食べられると聞いたから、天国のようだと思って」

いい歳をした大人が、しかも王様が「だって」と言っても可愛くはない。リノはため息をついて手を腰にあてた。

「植え替えたばっかりなら花も取りすぎないほうがいいと思うし、次の実は期待しないでおいたほうがいいと思うけど、一応間引くよ。そのかわり、マウリシオも手伝ってよ」

庭師がとんでもないことを聞いたみたいに顔を青くしたが、マウリシオは嬉しそうに頷いた。

「もちろんだ。……ああ、きみは下がってかまわない。二時まで作業するから、あとは頼む」

「――かしこまりました」

静かに生け垣の向こうにいなくなる彼を見送って、リノはスカートをたくし上げた。

「もしかして、前に金貨と銀貨を交換してくれた人？」

「ああ。……リノ、なにしてるんだ。脚が丸見えだぞ」

ぎょっとしたマウリシオは直視できないように顔を背ける。リノはかまわず裾をウエストできつく結んだ。

「こうしないと枝に引っかかるだろ。脚立《きやたつ》はマウリシオが支えててよ」

返事を待たずにさっさと脚立を準備し、一番上まで登って枝に手を伸ばす。北や西を向いた花を選んで摘み取ると、甘い香りが飛び散った。

家の裏で育てていたオレンジも、そろそろ花の季節だ。宮殿を出ても、あの家に戻ることはないだろうけれど、大事にしていた樹だけは懐かしい。

感傷を振り払うように黙々と花を摘んでいると、脚立を支えているマウリシオが呟いた。

「リノは優しいな」

「……なんだよ、急に」

「庭で甘いオレンジを取って食べたいなんていう私のわがままにも、ちゃんとつきあってくれるから」

「それを言うなら、あの庭師の人だって優しいし、親切だろ」

「彼はそういう仕事だ。でもリノは、最初から私に優しかったじゃないか」

しみじみと言われ、リノは摘んだオレンジの花を落としつつマウリシオを見下ろした。丸い豹の目がゆっくりまばたいて、リノを見つめている。

「——それは、マウリシオのほうが、最初から優しかったからだよ」

「優しいと思ってくれたなら嬉しいが、特別なことはなにもしていないよ。骨を折ってくれているのはリノのほうだ。今だって——目の毒なくらいなのに、気にせず花を摘んでくれている」

「え?」

意味がわからない。首をかしげると、マウリシオは淡く微笑んだ。

「ここからだと、陽の光で服が透けるんだ」

目を細めて見上げられ、ざわりとうなじの毛が逆立った。遅れて身体が熱くなって、リノはそそくさと脚立を下りた。

「や、やらしいこと言うなよ、あと見るな」

「自分からそんな、景気よく脚をむき出しにしたのに」

マウリシオは笑いながら上着を脱いだ。黒くて丈が長く、控えめに刺繍の入ったそれを羽織らされ、リノは赤い顔のままぎゅっと握った。ぶかぶかの上着に包まれると、自分が小さくて無力な生き物になったみたいな心地がする。

弱いのなんていやなのに、どうしてなんだろう。守るように振る舞われて、心臓がどきどきと鳴りやまないのは。

「シスリア人はみんな黒い服なのに、なんで俺たちのは白くて、こんなに薄いんだよ」

「その格好では外に出られないからだ。我が国では外出のときは黒衣と決められているから、白い衣は枷《かせ》のようなものだな」

恥ずかしさを隠すために聞いただけだったのに、思いのほか重たい内容が返ってきて、リノは言葉をなくしてマウリシオを見返した。彼は寂しげに微笑む。

「後宮自体があまりいい制度といえないのは承知している。元は豹頭の子孫を少しでも多く残すための策だったそうだが――リノの服は、明日までに揃えさせるよ」

リノは数秒考えて、首を左右に振った。

「いいよ、これで。こんなぴらぴらしたの、似合わなくてみっともないからいやだけど、でも、俺だけ特別扱いなのは、ほかの人が可哀想だ」

「――リノはそういうところが素晴らしいな」

そっと肩を引き寄せたマウリシオは、リノの髪に指を通してくる。頭皮を撫でられる感触にびくっとすると、彼は小さく苦笑した。

「花がついてた。……きみには、オレンジの花がよく似合うな。甘くて清潔な香りも、白い色も」

秘めやかな声が耳の奥で熱を持ったようで、どっ、と心臓が大きく脈打った。肌が震えるのに似た、あの落ち着かない感覚が襲ってきて、リノはもじもじと身じろいだ。

「そんな――こと、ないだろ。白い花なら、黒髪のほうが映えるもの」

「リノの髪は優しい午後の光のようだから、花がよく似合うんだ」

鼻先が髪に埋められて、リノは咄嗟に目を閉じた。目眩《めまい》がする。

「……金色の髪って、変じゃない？　俺は、……全然、好きじゃないよ」

「私は好きだよ。きみの青い目だって、白い浜辺から見る夏の海みたいで、とても美しい」

「っ……」

誰かに、好かれたいと思っていたわけではないはずだった。綺麗だと褒められたいわけでもなく、ただ疎まれるのや揶揄われるのが、少し不愉快だっただけ。

なのに、マウリシオの言葉が嬉しい。

よく知っているはずのオレンジの甘い香りが、まるで知らない特別な匂いのように、鼻の奥まで染みた。マウリシオの腕から逃げ出したいのに、もがくほど力が抜けていく。

「ぎ、吟遊詩人《ぎんゆうしじん》みたいなこと言って、恥ずかしくないの」

精いっぱい抗《あらが》うと、マウリシオは喉を鳴らして笑った。

「本当のことを言うのが恥ずかしいと思ったことはないな」

「俺は、恥ずかしいよ……、こんな、ことして」

「ただ抱きしめているだけだろう?」

マウリシオは一度腕に力を込めるとほどいてくれ、リノはほっとして離れようとした。途端、かくんと膝が折れて、地面に座り込みそうになる。

「おっと、危ないな、大丈夫か?」

「——、大丈夫、ごめん」

すんでのところで抱きとめられ、すがるように掴まって、リノは俯くしかなかった。恥ずかしい。顔はかっかと熱くて、きっとうなじまで真っ赤だ。せめて顔を見られたくなくて、マウリシオの胸に額を押しつける。

「あんたはいろんな人を抱きしめてきて慣れてるかもしれないけど、俺は、抱きしめられたことだってないから、恥ずかしいんだよ」

「ないことはないだろう。母上は？」

「赤ん坊のときならあったかもしれないけど、覚えてるのは、働きに出て疲れてる母さんか、泣いてる母さんか、具合悪くして寝込んでる母さんくらいだもん。……村の子供は、みんなそんなものだよ」

「そうか」

マウリシオの声は優しかった。

「だったら、今までの分も私が抱きしめよう。だから、そんなに震えないでくれ」

「震えてなんかないってば」

抗って言い返し、リノは自分が震えていることに気づいて困惑した。

寒いわけじゃない。怖いわけでもない――否、怖いは怖いけれど、くたくたと崩れてしまいそうで、その心もとなさが不安なだけで、震えたりするわけがない。

そう思うのに実際は震えて、動くことさえできないのだ。

（マウリシオ。……ほんとに、抱きしめてくれる？　ひとりにしない？　そばに、ずっといてくれるの、マウリシオ）

そう、口に出して聞いてしまいたい。

「――リノ」

呼ばれると、びくりと肩が揺れた。大きな手が髪を撫でて、頬にすべり、顎を掬うように持ち上げる。

金色の瞳がじっと顔を見つめ、リノは息もできなくなって見つめ返した。

空気がふいに濃密になったような、不思議な静けさの中、マウリシオの顔が近づいてくる。ひんやりした鼻が唇に触れ、リノは咄嗟に目を閉じた。

細かく震える唇を、マウリシオはそっとついばんだ。口づけされる、と無意識のうちに察していたのに、それでもじんと心臓が熱くなり、リノはただ震えるしかなかった。

二度、三度と繰り返して吸われ、頭の芯がぼんやりと痺《しび》れる。マウリシオの薄い唇は思ったよりも張りがあって、重ねあわされると熱が伝わってきた。最後に優しく舌で舐められて、ため息がこぼれる。

――どうしよう。全然、いやじゃない。

いやじゃないどころか、ずっとこうしていたかった。マウリシオの腕の中で、もう一度口づけされて、身体を預けていたい。

リノ、とマウリシオは囁くように呼んで、吐息が唇に触れた。ぁ、と小さく声が漏れ、リノは再びあわさる唇を受け入れた。

さっきより強く吸われ、痺れる熱さが胸から腹まで広がった。力の入らない身体を、マウリシオの手が支えてくれている。腰に回った手がゆっくり下りて尻に触れると、熱い痺れは下腹部まで響いた。

（だめ……これ、気持ち、い――）

身体の奥、知らない場所が蠢《うごめ》くような熱っぽさに大きく震えてしまったとき、控えめな声がかかった。

「陛下、お時間が」

はっと我に返って、リノはマウリシオから離れようとした。その身体を引きとめて、マウリシオは長い指でリノの顔を撫でた。

「今行く」

そう返事をしながらも、名残惜しげに額に口づけられ、リノは真っ赤になった。まだ力の入らない腕でマウリシオを押しのけ、顔を背ける。

「は、早く行きなよ」

「後宮まで送ろう」

「そんな時間ない――っ、ちょっと、なにすんだよ！」

ふわっと抱き上げられて、リノは慌ててしがみついた。ただでさえ熱い顔がいっそう熱を持つ。

呆れたような侍従の表情が目に入り、羞恥《しゅうち》といたたまれなさがこみ上げてくる。

「歩けるってば。お、下ろして」

「ふらふらしてるリノを歩かせるのはしのびない。いい子だから、おとなしくしていろ」

マウリシオはひとり楽しげだった。宣言どおり後宮まで抱いて戻られて、それぞれの部屋戻ったほかの女性からの嫉妬《しっと》と憎悪のこもった視線を感じながら下ろしてもらうと、再び抱きしめられた。

「夜に、また来る」

「……ッ」

あまったるいほど優しい囁きに、リノは耳を押さえた。我慢できずに床に座り込み、どきどきとうるさい心臓を持て余す。指はまだ小さく震えていて、強く握りしめても身体の芯からぞくぞくするような感覚は消えなかった。

(——俺は、どうしてこんなに弱いんだろう。ちょっと優しくされただけで、もう立てないくらい震えるなんて)

やっぱり怖い、と強く思う。

誰かを好きになるのは怖い。優しくされるのも、口づけも、愛されるのだって怖い。

いやじゃないから、もっとほしくなってしまうから、怖いのだ。

六月も半ばを過ぎると、一年中暖かいラナスルの街も本格的な夏を迎える。だが、宮殿の中は居心地がいい。開放的な造りで風がよく通るし、壁の内側には冷たい水が流れるようになっていて、空気を冷やしているからだ。

後宮の女性たちが陽の当たらない室内から出てこないのをいいことに、リノはひとり中庭でぼんやりしていた。摘み取ったプルメリアの花を唇に押しつけて、甘い匂いにため息をつく。

ここに来てひと月が経った。マウリシオと決めた期限までは、あと百七十日もある。

今日の夜も、マウリシオは訪ねてくるだろうか。おいでとあまい声で呼んで抱きしめて、唇を重ねるだろうか。口づけられると頭がぼうっとして、まともに動けなくなるだけでなく、子供に戻ったような、泣きたいような気持ちになってしまう。

（どうして、口づけはいやだって、言えないんだろう……）

花びらで何度も唇を押しながら、リノはため息をついた。

正確に言うなら、口づけられることがいやというわけじゃない。されて起こる、自分の反応がいやなだけ。だから、変な気持ちにさえならなければいいと思うのに、どんなに身構えていてもだめなのだ。

「ご寵愛を一身に受けてるのに、浮かない顔なのね」

揶揄うような声に振り向くと、カメリアが中庭に出てくるところだった。羽のついた扇子で優雅に顔を扇ぎ、首をかしげてリノを見つめてくる。

「もしかして、ちゃんと抱いてもらえなくてしょげてるのかしら？　毎晩お行儀よく添い寝してるだけですもんね」

「……しょげてないし、添い寝してるってなんでわかるんだよ」

「馬鹿ね、お泊まりになるのにベッドはひとつしかないんだから当たり前でしょ。それに、抱いていただいたら声くらい聞こえるはずが、聞こえないから添い寝してるだけだってわかるわけ。みんな聞き耳を立ててるのよ。野良猫の毒牙に陛下がかかってしまわないか、心配と嫉妬で狂いそうなんだもの」

聞き耳を立てられているなんて知らなかった。もしかして口づけのときのマウリシオの囁きも聞こえているのか、と思い至って、リノはくらくらした。恥ずかしすぎる。

「嫉妬するのは勝手だけど、俺は、マウリシオにそういうこと、してほしいとか全然思ってないから」

口元を拭いながら顔を逸らすと、カメリアは嫌みっぽく驚いた声をあげた。

「あらぁ、じゃあどうして後宮にいるのかしら」

「来たくて来たわけじゃない」

「じゃあ、家に帰らせてもらえば？　そうしてくれたらあたしも嬉しいわ。もっともマウリシオ様は許してくれなさそうだけどね」

カメリアはリノに近づくと、身体を傾けて下から顔を覗き込んだ。

「見てると腹が立つくらい、陛下はあんたがお好きよね。歌も歌えないし踊れないし、家柄も教養もなんにもないのにね」

言葉は皮肉げだが、声の調子はただ不思議そうだった。じいっ、と黒くて大きな瞳に見つめられ、リノは小さく頷いた。

「俺だって不思議だよ。マウリシオはあれこれ好きな理由を言ってくれるけれど、どれも過大評価だし、村生まれの貧乏な庶民だぞ。側室のひとりにだってなれるわけがない」

「そういう無欲なところが新鮮なのかしらねえ」

カメリアはつまらなそうに肩を竦めた。

「そんなにマウリシオ様がいやなら、なんでもいいからさっさと出ていきなさいよ。本気でご寵愛をいただきたいあたしたちに失礼でしょ」

「……」

「あたしがリノなら思いっきり迫って誘惑して、昼間だって抱いていただくわ」

ぱちん、とカメリアは扇子を閉じた。

まっすぐ背筋を伸ばして佇む彼女を、リノは改めて眺めた。豊かな黒い髪は結い上げられて、布を重ねた胸元は女性らしく大きな膨らみがある。両手で摑めそうなほど細いウエスト、美しい曲線を描く腰。誰が見ても綺麗な女性だ。凛としていて意志が強そうで、彼女に愛してほしいと願う男はきっとたくさんいる。

「カメリアは、マウリシオのことが好きなんだね」

呟くと、カメリアはぽかんとした表情になり、それから噴き出した。

「いやあね、あんた、きつそうな顔をしてるくせに中身はまだまだお子様なのね」

「……俺、なにか変なこと言った？」

「あたしはべつに陛下なんて好きじゃないわよ。ほかの女たちもそうでしょ。まあ、見目のいい王様でよかったとは思うけど、それだけよ」

「それだけって、でも、ご寵愛をたまわりたいって言ったじゃん」

「そりゃたまわりたいわよ。だってカリフの王様なのよ！　男の子が産めたら安泰でしょ。一生贅沢できるわ」

カメリアは再び扇子をひらくと、リノの顔を扇いだ。

「ね、一晩でいいわ。具合でも悪くして、陛下をあたしに譲りなさいよ。きっちり搾《しぼ》り取って身ごもってやるから」

「――それは、マウリシオが可哀想だろ。マウリシオだって、好きになる相手とか、誰とそういうことするのかって、選ぶ権利があるんだし……」

「へぇ、結局譲りたくないんだ？」

じとっと目を細めて睨まれ、リノは視線を逸らした。普段なら睨み返すところだが、どうしてか、カメリアの視線に対抗できない。

「譲りたくないとかじゃなくて……だ、だいたい、俺は子供なんて産めないし」

「マウリシオ様は豹頭だもの、産めるでしょ。あんたまさか知らないの、豹頭に抱かれたら男でも身ごもるって」

「――――あれって、ただの噂じゃないの？」

どきん、と心臓が騒いだ。本当よ、とカメリアは頷く。

「あたしが首都で懇意にしてた貴族のご友人に、いたもの。妾《めかけ》としてベリア半島の綺麗な男を囲ってでてね、その男とのあいだに子供が生まれたのよ。あたしも見せてもらったんだけど、美男同士だから赤ん坊もそりゃあ可愛くって、シスリア人の奥様が嫉妬して大変だったらしいわ」

「――う、嘘」

「本当だったら。こんなことで嘘ついたってあたしになんの得もないでしょ」

では、自分も産めるようになるのか、と思うと、じんと腹の奥が痺れた。

（マウリシオとの、子供――）

どんな子供が産まれるのだろう。リノに似るのか、マウリシオに似るのか――もし身ごもったら、マウリシオは喜んでくれるだろうか。

「満更でもない顔してるじゃない」

扇子で顎を持ち上げられて、リノはぱっと赤くなった。

「な、なんだよ満更でもない顔って」

「あたしはてっきり、あんたが陛下に身体を許さないのは、身ごもりたくないからだとばっかり思ってたわ。でも違うみたいね？」

「違うってなにが？　さっきは浮かない顔だとか抱いてもらえなくてしょげてるとか言ってたくせに、適当なことばっかり言うなよ」

「最初のは嫌みに決まってるでしょ、馬鹿ね。――まさかまさかと思ってたけど、リノってほんとに陛下に惚《ほ》れちゃってるのね」

「……っ、そんなわけないだろ」

睨み返すつもりが目を逸らしてしまい、リノは首筋まで赤くなった。誤魔化したくて扇子を払いのける。

「全然、好きとかじゃないよ。マウリシオはいいやつだと思うけど、それだけだってば」

「いらいらするわねぇ」

カメリアはきゅっと目を細めると、低い声で言い放った。

「いちゃいちゃ恋人ごっこしてるくせに、身体を許しもしないで自分は関係ありません、みたいな顔してさ。あたしと寝るのは陛下が可哀想？　あたしに言わせたら、リノの仕打ちのほうが可哀想よ。その気もないのに贅沢三昧《ざんまい》して、後宮にいるくせにご奉仕のひとつもなしなんて」

静かな口調が、却《かえ》ってざっくりと刺さった。カメリアは追い討ちをかけるようにリノに顔を近づけた。

「あんたが陛下を好きなら好きでもかまわないの。でも、だったら早いところ決断してほしいのよね。こっちは遊びでここにいるんじゃないんだから」

「――」

「簡単でしょ？　ご寵愛を受け入れるか、拒むか、どっちかしかない。いつまでもふらふら悩んで迷惑かけないでよね」

言い返せなかった。カメリアの言うとおりだと思う。

答えは最初から決まっていて、マウリシオと決めた二百日が過ぎても、「俺もあんたが好きだよ」とは言えない。連れてこられた日は、マウリシオを傷つけたくなくて頷いてしまったけれど――口づけだって、断れないまま毎日してもらっているのはよくない、断るべきなのだ。

あるいはいっそ、彼を受け入れるか――そう考えかけて、リノはぶるりと震えた。

受け入れるのは無理だ。子供を産めようが産めまいが関係ない。仮に生まれたとして、その子供を喜ぶのはマウリシオくらいで、ナスーリだって、本国シスリアの皇帝だって、歓迎したりはしないだろう。

身ごもってから後宮を追い出されたりしたら、リノはまるきり母親と同じになってしまう。同じように泣いて、同じように子供につらい思いをさせるのだ。

そうなれば、マウリシオにだって悲しい思いをさせる。

（……俺にはできないよ、マウリシオ）

やっぱり今日にでも言わなくちゃ、と決心したとき、カメリアがはっとしたように身じろぎ、頭を下げた。

「陛下。本日のお越しは夜と伺っておりましたから、お出迎えもできずに申し訳ありません」

慌てて振り返ると、中庭に下りる階段に、マウリシオが佇んでいた。

「急に思い立って来たからな、気を使わせてすまない。――リノ」

庭に下りてきた彼はまっすぐリノに歩み寄り、肩に手を回した。

「服を用意したから、着替えてきてくれないか。蜂蜜とオレンジが用意できたと連絡があったんだ。厨房に入れるように頼んでおいたから、マーマレードを作ってくれ」

「……それは、かまわないけど」

わざわざそれを言うためにだけ、来たのだろうか。

「夜もどうせ来るんだから、そのときに言って、作るのは明日でもいいのに」

「だって、明日の朝食べたいじゃないか。頼むよ、リノ」

マウリシオは甘えるようにリノを抱きしめてくる。リノは困ってカメリアを見、黙って肩を竦められて、ため息をついた。

「わかった、作るから離してよ。そのかわり、明日は後宮の女の人全員と一緒に、マーマレードとビスケットでお茶にしてくれる？」

カメリアが納得してくれるかどうかわからなかったけれど、リノが思いつくのはそれくらいしかなかった。まさか彼女の言うとおり、夜に仮病を使ってマウリシオをカメリアの部屋に行かせるわけにもいかない。

でも、このまま毎夜口づけを受け続けるのも無理だ。マウリシオだって、ほかの女性と一緒に過ごせば、彼女たちの魅力に気づくかもしれない。

マウリシオはリノを抱きしめたまま笑った。

「皆と一緒にか。悪くない案だ、そうしよう」

渋るかと思ったのに、意外にも乗り気らしい。さあ行こう、とリノの手を引く顔は上機嫌で、連れられて中庭を出ながら、リノはもう一度カメリアを振り返った。

呆れたような彼女の視線は物言いたげで、胸がちくちくと痛む。

彼女が苛立《いらだ》つのも無理はない。リノ自身でさえ、今の自分はみっともなくて、優柔不断のだめなやつだと思うくらいだ。

この場できっぱり「もう後宮にはいられない」と告げればいいのに——まるで心のどこかではマウリシオのそばにいたいかのように、言えない。

(……だって、ここを出たら、マウリシオとは今度こそ、本当に二度と会えなくなる。俺はラナスルの街にはいられないだろうし、トレーダを目指すにしても、ひとりで頑張らなきゃいけないんだ)

不安なのだと、認めないわけにはいかなかった。

ひとりになるのは怖い。マウリシオの愛情を受け入れるのが怖いのと同じくらい、彼の愛情を捨ててしまうことも、すでに怖いのだ。

どこか知らない街の片隅で眠るとき、自分は絶対に思い出す。

マウリシオの温もりと声が懐かしくて、どんなに惨めな気持ちがするか、手に取るようにわかるから――こんなにも胸が苦しい。


夏の長い陽がようやく落ちる午後八時過ぎに、ハル・パハロにはお茶の席が用意された。

ビスケットに白くてやわらかいチーズ、お茶に白葡萄酒、そして銀の壺《つぼ》にたっぷりのマーマレード。

昨日リノが作ったマーマレードは、貴族の娘たちにも好評だった。

「わたくし、苦オレンジって薬にしかならないんだと思ってましたわ。食べられないものを工夫して煮るだなんて、さすが貧しい庶民の発想ですわね」

嫌みを交えつつ、ビスケットにたっぷりのせて食べる手はとまらない。

リノを長椅子の隣に座らせたマウリシオは、満足そうに頷いた。

「素晴らしい知恵だろう。リノは物知りなんだ。彼のおかげで、私はラナスルの街をよく知ることができた」

「街でしたら、管理している役人のほうが詳しいですわ」

「そんなことはない。リノは細い路地もよく知っているから、じっくり見て回れたよ。ナスーリには怒られたが、今思えば、あいつの目を盗んで城を抜け出して会うっていうのも、刺激的で悪くなかったな」

するりとマウリシオの指がリノの髪を梳く。リノはいたたまれずに俯いた。

周囲の視線が痛い。

お茶会のはじめにはちゃんと遠慮したのだ。マウリシオの隣にはカメリアやほかの女性が座ったほうがいいと言ったのに、マウリシオは不思議そうに「なぜだ」と首をかしげただけだった。私の隣はリノに決まっているだろう、と言われてしまえば誰も逆らえず、仕方なく長椅子の隣に腰掛けたのだが、マウリシオはあいだをあけようとするのさえ許してくれなかった。

いつになく強引に肩を抱き、ぴったりとリノを寄り添わせて、見せつけるようにリノの髪や背中、顔を撫でてくる。

全員でお茶会を、と言ったのは、こんなふうに人前でかまわれるためじゃなく、ほかの人と親交を深めてもらうためだったのだけれど。

「まるで『ヴェロナの恋人』ですわね、マウリシオ様」

カメリアが愛撫されるリノを見て微笑み、リノはひやりとしてカップを持つ手をとめた。

いつだったかマウリシオから聞いた、悲恋の昔話だ。町の男と小さな王国の姫君が、許されない恋をして――結局死に別れてしまう話。

「素敵ですわ。身分違いの許されない恋だなんて、ロマンチックでお二人にぴったり」

思わせぶりな口調で、彼女が結末を知っているのだろうと察しがついた。ほかの女性たちも、勝ち誇ったような笑みを浮かべてリノを見てくる。マウリシオは微妙な空気に気づかないのか、嬉しそうに笑みを返した。

「そうだろう？　人目を忍んででも会いたい恋なんて、そうあるものではないからな」

邪気のないマウリシオの様子に、女性たちは顔を見あわせる。いつもリノに食ってかかる貴族の娘が、不機嫌そうに唇を尖らせた。

「わたくしも好きなお話ですわ。町人のほうは殺されてしまうんですよね。身の程知らずを思い知らされるところがとっても教訓的で、素晴らしいですもの」

「たしかに教訓的だ」

意地の悪い声にもマウリシオは微笑んで頷いた。

「やり方を間違えれば結ばれないと教えてくれている。――私は、間違える気はない」

しん、と広間が静まり返った。

「ヴェロナの恋人のように駆け落ちしてもかまわない、と言いたいところだが、敢《あ》えて危険を冒す必要はない。私なら、誰にもリノに手出しはさせないし、リノがいかに大切な存在かを、わかってもらう努力を怠《おこた》るつもりもないよ。――マーマレード、うまいだろう？」

銀の匙ですくったマーマレードを、マウリシオはたっぷりビスケットに載せた。

「誓ってもいいが、リノのマーマレードは世界一だ。たったひとつ、ジャムを作ることだけでも、このなかでリノに勝てる人間がいるだろうか？」

誰も答えなかった。貴族の娘たちは屈辱のせいか拳を握りしめていて、リノは急いで口を挟んだ。

「あ、あの、マーマレードはべつに難しくないんだ。苦オレンジで作るときはちょっとコツが要るだけで、それさえ守れば誰でもおいしく作れるよ。中の房の皮を綺麗に取り除くのと、外の皮は一度茹《ゆ》でこぼして、苦みを抜けば――」

ぷっ、とカメリアが噴き出した。

失礼、と言って口元を覆った彼女は、リノと目があうとまた笑う。

「馬鹿ね。せっかく陛下が気に入ってくださっているジャムなのに、秘伝のレシピを教えたりしたらだめでしょ」

「で、でも、ほんとに誰でも作れるよ」

「それでも私はリノのがいいよ。愛しているから」

マウリシオが腰を抱き寄せてきて、リノは半ば彼の胸に倒れこんで赤くなった。

信じられない。こんなにはっきり、人前で宣言するなんて――二人のあいだでの告白なら、なかったことにもできる。でももう、秘密にしておくことはできなくなってしまった。

逃げられないようにしっかり抱き込んだマウリシオは、穏やかな目で女性たちを見渡す。

「そういうわけだから、きみたちは明日から暇《いとま》を取ってくれてかまわない。戻っても不都合のないように取り計らおう。もちろん、すぐには納得できないというのであれば、残ってくれてもかまわないから、自分で決めてくれ」

立ち上がると、彼はそのままリノを抱き上げた。

ほかの人間もいる前では暴れることもできず、リノはマウリシオの肩に顔を埋めた。死にそうに心臓が速い。うなじどころか背中まで熱くて、叫び出したいくらいそわそわする。

本当は、怒らなくてはならない場面だ。人前で告白された以上、リノが断るのは事実上不可能になった。王の求愛を断るなど不敬だと言われるはずだし、逆に受け入れたところで周囲の目が好意的になるわけもない。勝手に選択肢を奪われた挙げ句に余計に立場が悪くなるのだから、リノとしては怒るべきだった。

(……でも、ちょっとだけ、ほんのちょっとだけ嬉しい。喜んでる場合じゃないけど……それでも)

人前で言ってもかまわないくらい好きだと思われているのが——嬉しい。

だめなのに。

マウリシオは個室の奥のベッドまで運んでくれて、リノは下ろされながら呟いた。

「ずるいよ。ほかの人を、勝手に追い出すとか」

嬉しい、と口に出すかわりに非難する声は、自分で聞いても拗ねた子供みたいだった。ベッドに上がったマウリシオは、優しくリノを横たえて、鼻先を額に押しつけてくる。

「追い出してはいない。残るも去るも好きにしてくれと言っただけだし、リノが困ることはなにもないだろう」

「困るってば。余計に風当たりが強くなるじゃん」

「いっそ既成事実を作ってしまえば、リノにいやがらせをしている人間だって、皆黙ると思うんだがな」

「……既成事実?」

「子を生《な》せばいい。リノが身ごもるのが怖くなければ、私はいつでもかまわない」

「それは——でも、」

ざらりとした舌で目元を舐められて、リノは首を縮めた。どきどきする。逃げたいのに、逃げたくない。ぎゅっと抱きついてしまいたくて、堪えるためにシーツを握ると、マウリシオは再度額に口づけ、リノの頭をゆっくり撫でた。

「まだ、怖い? 母君のように泣くはめになりそうだと思うか?」

あやすように優しい声だった。リノは迷い、逡巡した挙げ句に頷いた。

「もし、子供ができてもさ……カメリアは、息子が産めたら安泰だって言ったけど、俺はそんなふうには思えないよ。生まれた子が疎まれたら可哀想だし、最悪昔みたいに殺されたりしたら——

そんなの、寂しいだろ」

「言ったはずだ、私の妻には手出しはさせないと。子供にだって手出しはさせない」

「……でも、マウリシオだって、きっとつらい思いとか、いやな思いをするよ。周りに祝福されないのって、マウリシオが思っている以上につらいと思う」

「たしかに私はリノより世の中のことは知らないかもしれないが」

くすりと笑ったマウリシオが、シーツを握ったリノの手の上からそっと手を重ねた。

「それでも、自分のことはよくわかっているつもりだよ、リノ。きみが私のそばにいてくれないことのほうが、そばにいてくれて、他人からなにか言われるよりもずっと悲しいし、つらいし、耐えがたいんだ」

きゅんと胸が痛んだ。どうして、と何度でも思う。

どうしてこんなに、大切にしてくれるんだろう。ただのちっぽけな、価値のない平民の俺なんか。

「なんでそんなに、好きになってくれるんだよ」

「きみの好きなところなら、もう伝えたはずだが」

「だから、そんなの、納得できないってば」

「本当なんだがな。――あとは、強いて言うなら、きみをひとりにしたくない」

そっと鼻先と鼻先が触れあい、リノは息を呑んで間近いマウリシオの瞳を見つめた。愛情をこめてゆっくりまばたきした彼は、もう一度鼻先をすり寄せる。

「リノが強い人間なのはよく知っている。理不尽な目にあっても、きみはひとりでも生きていけるのだろう。今までそうしてきたように」

「――」

「それでも、力になりたいと思うんだ。私のそばで、無用な苦労から解き放して、笑ったり、寄り添ったりしてほしい。不慣れですぐ赤くなるきみを、私はずっと抱きしめていてやりたいと思うし、恐れも不安もなく眠らせてやりたい。リノが腕の中にいると、まるで生まれる前から抱きしめていたみたいに、幸せな気分になるんだ。なくしていたものを、やっと手に入れたように落ち着く。わかるか？」

問いかけられて、リノは答えられなかった。

でも、わかる、と思えた。

リノだって、マウリシオの腕の中からは離れがたい。ずっと収まっていたいと思うあの幸福感を、マウリシオも味わっているのだろうか。

マウリシオはかるく鼻先に口づけてくる。

「だから私と結ばれてくれないか。昨日、カメリアにも指摘されていただろう。リノは私が好きだって」

「昨日って……き、聞いてたの？」

「途中からね。だいたい俺は子供なんて産めないし、あたりから」

半分以上聞いてたんじゃないか、とリノは赤くなり、握られた手をもじもじと動かした。目の奥がじんわり熱くて、泣きたいときみたいな気持ちがする。

泣く、なんてもう何年もしたことがないのに、胸が苦しくて泣いてしまいたい。

「……ほんとにわからないんだ。好きって、どんな気持ちか。マウリシオのことは好きだと思う。いいやつだなって思うし、友達だって言われて嬉しかった。大事にされれば、当たり前だけど嬉しいし、気持ちいいし。でも――」

「でも？」

「口づけ……されると、怖い気がする。力が抜けて、獲物になったみたいな気がして」

かすれた声で打ち明けて、リノは横に顔を背けた。恥ずかしい。マウリシオは重ねた手を優しく握り、鼻先をリノの首筋に近づけた。

「じゃあ、こう考えてみてくれ。もし私がカリフの王でなく、単なる平民の旅人で、同じようにラナスルの街で出会って、きみに告白する。私の家に来て一緒に暮らしてくれ、と言われたら？　それでも怖いだろうか」

「……」

「一緒にいたいと思うか、二度と会わなくていいと思うか」

重ねて聞かれ、リノは唇を噛んだ。マウリシオはじっと返事を待っている。急かされもしないのに耐えきれなくて、リノは結局、まぶたを閉じた。

「――会いたい、よ」

嘘はつけなかった。二度と会えないのはいやだ。

だからだ、とリノはやっと気づいた。宮殿に連れてこられたときから、断ろうと思えばいつでも出ていけたのに、リノにばかり有利な条件を申し訳なく思いながらとどまったのも、口づけを拒めなかったのも——拒絶してしまえば、二度と会えないのはわかっていたから。

会えなくなるのは、いやだったから。

「だから、いやだったんだ」

首筋にマウリシオのあたたかな息を感じながら、リノはなじった。

「あんたのせいで弱くなったじゃん。誰かのこと好きになったりしたら、俺はひとりじゃだめになるのに」

「誰かといいたいと思うのは、弱さではないよ」

マウリシオはゆっくりとリノを抱きしめた。

「きみは母上を、とても愛していたんだな」

深くて静かな声に力が抜ける。リノはおずおずと、彼の背に手を回そうとし、できずに服の端だけを摑んだ。

「——わかんない。嫌いじゃないけど、好きじゃないかもしれない。あんなふうにはなりたくないって思うくらいだから」

「それだけ、つらそうな母上の姿にきみが心を痛めたってことだろう」

優しい言い方だ。ほかの人とは違う、と思うと心臓がとくんと音をたてた。

マウリシオは特別だ。王様だからではなくて――リノにとって、心の奥まで触れてくる、たったひとりの存在だ。最初から、そうだった。

離れたくない。

強くそう思い、リノはやっと手を上げた。

自分からは一度も抱きしめたことのなかったマウリシオの背中に、ためらいがちにしがみつく。

「……マウリシオ、俺、」

うまく言葉にならなかった。渦を巻くように気持ちが熱く入り乱れて声が震える。一度抱きついてしまえば手を離すことはできそうもなく、リノは夢中で抱きしめた。

ぴったり重なるマウリシオの体軀の逞しさが心地よい。抱き寄せてくれた彼の手は何度も頭を撫でてくれて、一生こうしていてもいい、と思えた。

本当は、ずっとこうしてみたかった。

虚しい寂しさから守られて、愛してもらいたかった。

マウリシオは甘やかすようにしばらくのあいだ、抱擁したままじっとしていた。やがて優しく耳元に口づけて、そっと目元を撫でてくる。リノ、と穏やかに呼ばれて目を開けると、金色の瞳が愛しそうに細まった。

「先にトレーダに行って、父上に会わないか。父上に会って、彼もちゃんと母上を愛していたとわかったら、母上も不幸なだけではなかったと思えるだろう？」

「父さんには会いたいけど――俺は、あんまり期待してないよ」

撫でられるのが気持ちよくてため息が出る。大きな手にそっと頭をすり寄せ、リノは呟いた。

「もともと、期待しないで行こうって決めてたんだ。形見の手紙は、絶縁状だったかもしれないと思ってた。俺は読めないから、内容がわからなくて。今までも……怖くて、誰にも読んでくれって頼んだことなくて」

「なるほど、その心配もあるな。……手紙、一度見せてもらってもかまわないか？」

「うん」

リノは枕の下にしまってある手紙を引っぱり出した。マウリシオは古い羊皮紙を丁寧に広げ、目を走らせた。

いくらもしないうちに彼の顔がくもって、リノは不安になって手元を覗き込んだ。

「読めた？　なんて書いてある？」

「かすれてはいるが読めるよ。――読み上げてもかまわない？」

頷くと、マウリシオは肩を抱き寄せてくれた。

「『親愛なるフローラ様。僕自身が友と思うあなたに、このようなお知らせをすることになってとても残念です。

一昨日、我らが友にしてあなたの愛するコンラッドは、天に召されてゆきました』」

「――――！」

リノは息を呑んで手紙を見つめた。いくつもある染みのあとは母の涙だ。泣く彼女を見ていたから、父がすでに死んでいる可能性を考えたこともあったけれど――やはり、と思っていても、知らされた事実は衝撃だった。

もういないのだ。会いたいと願っても、血の繋がった父は、この世界のどこにもいない。

「『もう一度あなたに会わねばならないと、コンラッドは最期まで希望を捨てませんでした。僕も信じていました。彼があなたを迎えに行き、再びここトレーダに家族三人で揃って戻ってきて、僕と楽しい夕食を共にするのだと、今でさえ信じたい気持ちです。ですが、僕が伝えなければ、あなたには知らせは届かないでしょうから、こうしてペンを取りました。

お伝えする以外にできることがなくてすまなく思いますが、最期まであなたを想っていたコンラッドのためにも、どうか幸せに暮らしてください。いつかまた会える日を願って。あなたの友、ジェラルドより』」

終わりまで読んでくれるマウリシオの声を聞きながら、リノは呆然としていた。

会いたい、と言っていた母が毎回泣いていたのは、父がもう亡くなっているからだったのだ。

死んで二度と会えない相手に、もう一度だけ会って愛していると伝えたがっていたのかと思うと、あまりにも悲しい。

――けれど、死に引き裂かれたとしても、母は父に捨てられたわけではなかった。

「トレーダには一度行ったほうがいい、リノ」

マウリシオはリノの背中を何度も撫でた。

「この手紙を書いたジェラルドという人物にならら会えるかもしれない。彼なら父上のことも母君のことも知っているようだから、話を聞けるよ」

「……マウリシオ」

じん、と痺れた目尻から涙がこぼれそうになって、リノはこっそり拭った。

意地を張る気力はもうなくて、マウリシオにもたれて頷く。

「うん……、行って、みる」


学園都市トレーダはイスパ王国にある。

街の中心となっている大学は歴史が古く、半島内部からだけでなく、東方の国々や、西の海を隔てたイングラードなどからも学生が集まっていて、戦争の際にも街だけは中立を守り抜いた、特殊な土地だ。

とはいえ、王族となればややこしく、気軽に行けるわけではない。マウリシオは正式にイスパ王国に訪問の申し込みをしてくれ、受理されたのは七月の半ばだった。

すぐに出発できても、到着は九月になるのだろうとばかり思っていたリノは、二頭立ての馬車の速度にまず驚き、行く先々の街で替えの馬が用意されていることにも驚かされた。スピードを出しても馬を休ませる必要がなく、首都までは二日で着いてしまったのだ。

そこからトレーダまでも十二日しかかからず、山のあいだに街のシンボルである高い塔の先端が見えても、実感が湧かないほどだった。

イスパ王国がかつて半島のほとんどを統治するよりも前から存在していたと言われる街、トレーダは、大きく蛇行した河にその三方を囲まれている。

険しい山の手前の小さな山がそのまま街になっていて、橋を渡って街に入ると、馬車も通れないような狭い坂道や階段だらけだった。

土地が狭いから、建物はどれも背が高い。窓という窓にはピンクや白の花が咲き乱れていて、小さいけれど綺麗な街だ。

マウリシオの操る馬に乗せてもらい、市長兼大学長の屋敷に着くと、窓からは流れる河が見下ろせた。

通された部屋は学問の街らしく、質素だが落ち着いていて居心地のいい内装だ。マウリシオが侍従たちを部屋から追い出したので、こぢんまりした室内に二人きりなせいもあって、初めての場所なのにくつろいだ気分になれる。

素朴な色合いの陶器にたっぷり入れられたレモネードを飲んでいると、学長がひとりの男性を伴って戻ってきた。

茶に近い金色の髪に白髪が交じりはじめたその男性は、紺色の丈の長い服を着ていて、マウリシオだけでなくリノに向かっても丁寧にお辞儀した。

「ジェラルドと申します。僕の出した手紙でおいでになったと伺いまして、僭越《せんえつ》ながら、ご説明に上がりました」

彼はじっとリノを見つめてきて、リノは少し緊張して見返した。

彼は養父のボリバルよりも年かさに見える。生真面目そうな青い目をしていて、自分と同じ瞳の色だと思うと親近感が湧いた。

「――こうして会うまでは、本当にフローラと彼の子だろうかと思う気持ちもありましたが、顔を見れば一目瞭然《いちもくりようぜん》ですね。目と髪はコンラッドに似ていて、顔はフローラにそっくりだ」

「やっぱり……この目と髪の色は、父と同じなんですね」

きっとそうだろう、と思ってはいても、父母を直接知る人に言われると感慨深い。はい、と頷いて懐かしそうに目を細めたジェラルドは、優しい表情だった。

「よろしければ、僕の家へいらっしゃいませんか。彼がしていた研究のノートなども見ていただけますから」

「父さんの？　すごく見たいです。……いい？　マウリシオ」

「ああ、もちろん」

快く了承してくれたマウリシオとリノ、ジェラルドの三人で外に出る。

完全中立を守るこの街では、貴族も王族も供を連れずに歩くのが普通なのだという。諸外国から集まった人々は髪や目の色、背の高さも様々なら、身分も様々で、けれど等しく学問に勤しむ人間だからか、街の中には不思議な調和があった。

歴史を感じさせる古い石畳の小径を五分も歩くとジェラルドと学者たちが共同で住んでいるというその建物の四階に、彼は招き入れてくれた。

お世辞にも広いとは言えない生活スペースの奥が書斎になっていて、棚にはぎっしりと本や箱がつめ込まれている。ジェラルドは隅のほうから出してきたノートを見せてくれた。

「これがコンラッドのつけていた研究のメモです。正規の研究結果や論文は、大学の図書館に収められているので、こちらは私物ですね」

広げて見せられた中は字がたくさん書かれていて、リノにはさっぱりわからなかったが、字だけではなく絵も描かれているのが目を引いた。

「これって植物の種？　いろんな種類の絵があるけど」

「父上は農作物の研究をしていたのです」

ジェラルドは指さして教えてくれた。

「コンラッドは西の国、イングラードの出身でした。イングラードの冬は寒い。そのため、寒い場所でも育てられる新しい品種や、冷害や虫害から守るにはどうすればよいかなどを研究していました。国を豊かにしていくには必要なことだと言ってね。たぶん、土や植物に触れるのは、彼の気性にもあっていたのでしょう。花を育てるのも上手だったんですよ」

「――花を」

リノはノートの絵を撫でた。本当に父がこの街で暮らしていて、日々こんなふうにノートに研究を書きとめていたのだ。

「リノがオレンジを育てるのがうまいのは、父上の血だな」

マウリシオがノートを覗き込み、リノの背中に手を添えた。そうなのかな、と呟いて、リノはつんと痛む目を押さえた。

実感があるわけじゃない。ノートに触れたからといって温もりが伝わるわけでも、顔が見えるわけでもないのに、胸が熱くて恋しい。

「……会えたらよかった」

「ああ。私も会いたかったよ。リノが作ったマーマレードで、一緒にお茶を飲んでみたかったし、研究の話も聞けたら楽しかっただろう」

「マウリシオ、果物好きだもんね」

守るように抱き寄せられているせいか、悲しいのにつらくはなかった。リノはジェラルドに視線を向けた。

「父は、イングラードの人だったんですね。……マーマレードって、知ってますか?」

「ああ、コンラッドの好物だね」

ジェラルドは懐かしそうに破顔した。

「オレンジの皮ごと作るジャムのことをそう呼ぶと、彼に教えてもらったよ。コンラッドは乳母から聞いた秘伝のレシピとやらをフローラに教えていてね、二人でキッチンで作って、僕にも食べさせてくれた。ちょうどそこのテーブルで、三人でお茶をしたこともあります」

ジェラルドが指差したのは小さなキッチンの前の食卓で、彼は静かに促した。

「よければお二人とも座ってください。お茶を淹れましょう。預かっているコンラッドの日記も、お渡ししたほうがよさそうです」

「日記？　父さんの？」

「ええ。この街では僕が一番、コンラッドとは仲がよかったのです。それで、形見がわりにと、研究ノートだけでなく、日記ももらったんですよ」

一度部屋を出ていったジェラルドは、戻ってきたときには一冊の分厚いノートを抱えていた。きちんと革張りの表紙がついた立派なものだ。

彼はそれをテーブルに置き、お茶を淹れてくれた。

「お渡しする前に、お話ししなければならないことがあります。失礼ながらお二人の様子を観察させていただいていましたが――カリフ国王陛下が、リノのことを大切にしていらっしゃると信じてのことです」

リノは並んで座ったマウリシオを見上げた。改まって話さなければならないこととはなんだろう。リノには見当もつかなかったが、マウリシオはごく真面目な顔のまま頷いた。

「口外するなということだな。無論、誰にも言わないと約束をしよう」

「恐れ入ります。真実を明らかにするだけが正しいことではないでしょうが、コンラッドの名誉のためにも、息子のリノには知っておいてほしいのです」

ジェラルドは革張りのノートをリノのほうに差し出した。

「この中には重大な秘密が記載されています」

「秘密？」

「そうです。コンラッドは穏やかで辛抱強く、なにごとも投げ出すことのない男でした。周りの意向に流されて生きてきただけだと彼は言いましたが、期待に背かずに生きるのだって大変なことです。——実際、彼は自分を押し殺していたのだと思います。フローラに出会うまでは」

「……母さんに」

「ええ。一目で恋に落ちたコンラッドは、フローラの明るくて気立てのいいところや、生来の勘のよさ、賢さにすっかり惚れ込んでしまいました。家族や周りの人間に反対されても、夫婦になるなら彼女以外はない、と思うくらいにです。フローラもコンラッドの魅力にすぐに惹かれていましたから、僕から見ると素敵な、似合いの恋人でしたよ。——ただ、コンラッドには身分があったのです」

「イングラードの貴族か、あるいは王族かな」

落ち着いた声でマウリシオが聞き、リノはどきっとしてジェラルドを見つめた。まさか、そんなはずはない。

だがジェラルドははっきりと頷いた。

「王家の血筋のお方だったのです。正確にいえば、現国王の血を引く、れっきとした王子でいらっしゃいました」

「――そんな……」

では、母は異国の王子と恋に落ちたというのか。

呆然とするリノを、ジェラルドは労るように見つめた。

「幸いというか、母親が三番目のお妃様で、上には七人も兄や姉がおいでです。継承権が高いほうではありませんが、かといって、王族が留学先で娼婦と恋仲になるなど、当然許されるはずもありませんよね。でもコンラッドは、初めて周囲に反抗しました。フローラは運命の人だから、決して彼女以外とは結ばれない、家は捨てると言い出して。フローラは身を引こうとしましたが、コンラッドが引きとめました。時間がかかっても自分の家族には諦めてもらうから、私とともに生きてくれと懇願して、フローラも結局、それを受け入れました」

ジェラルドは一度お茶を口にしたが、リノはお茶を飲むどころではなかった。息さえ忘れたように身じろぎもできないリノに、ジェラルドはせつなそうに微笑んだ。

「いっとき、二人の恋はうまくいくように思えました。ですが、イングラードの家族はもともと気位の高い人たちです。たとえ王になる可能性が低い人間であっても、王族が異国の娼婦と恋に落ちるのは名誉に関わると考えたのですね。フローラさえ亡き者にすれば、と言い出す者がいるのも当然で、フローラは命を狙われるようになり、コンラッドは仕方なく、一度彼女が故郷に戻れるように手配しました。十分な金を持たせて、仲のいい商人に道中の安全を頼んで、馬車を使わせて――半年以内には必ず迎えに行くからと言ってね。僕も手助けをして、フローラのことは、カリフ王国に入るところまで見送ったんですよ」

「……そう、だったんですね」

「フローラも不安だったと思いますが、別れるときまで気丈な態度を崩しませんでした。ただ、途中で妊娠しているとわかったんです。リノ、きみですね」

「――俺が」

「そのこともあって、故郷に戻る旅は予想外に時間がかかってしまいました。赤ん坊の健康もフローラの健康も大事ですから仕方ありませんが、カリフ王国に入国するころにはもうひと月が過ぎてしまっていました。フローラのことは心配でしたが、コンラッドにも事態を伝えねばならない。フローラの体調は安定してきていましたし、カリフ王国に入ってしまえば、道中はぐっと安全になります。身体には十分気をつけるようにと言って聞かせて別れて、僕は急いでここに戻りました。コンラッドに子供のことを伝えて喜んでほしかったのですが、戻ると彼のほうが体調を崩していた。ただの風邪だと言っていたのが、結局重い病で……あとは、手紙でフローラに伝えたとおりです」

ジェラルドはテーブルの上で手を組んだ。

「リノ。フローラがきみを身ごもったことは、イングラードの王族の誰も知りません。あの国では、きみは存在しないのです。この街でさえ、知っているのは学長とこの僕だけです。公になれば、誰のことも幸せにしない事実でしょう。カリフ国王にとってもです」

リノははっとしてマウリシオを振り返った。

たしかにそうだ。全然実感は湧かないが、イングラードの王家の血がリノに流れているなどと知れたら、ただの村人を側室に迎えるよりも話がややこしい。

けれど、マウリシオは驚いた様子もなかった。

「そういうこともあるだろうと、薄々は考えていた。リノの父上ならば愛情深い人だろうが、そんな人が妻子を手放す理由はいくつもない。周囲に許されない恋なら、身分の高い男だったと考えるのが自然だからね」

「僕はただ、コンラッドの名誉が守りたいだけなのです」

ジェラルドは手を伸ばして日記の縁を撫でた。

「病死したコンラッドにも、イングラードの彼の家族は決して優しくありませんでした」

「イングラード王家は閉鎖的で伝統をなにより重んじることで有名だからな。大陸から離れた島国だからということもあるだろう」

「ええ、そうなんです。ですからコンラッドは、愛を貫くのが難しい立場だったのです。リノにはコンラッドが妻と子を投げ出したように思えたかもしれません。でも、どうしても愛さずにはいられないほど、フローラを大切に思っていたことだけは、知っておいてください。どんなに困難でも、その愛を貫こうとしていたことを」

「――はい」

リノはノートをめくった。筆跡を見る限り、物静かで落ち着いた人物のようなのに、根は情熱的だったのだろう。

会いたかったな、ともう一度思う。

「これ、読めるといいのにな」

全然わからない文字列にそう呟くと、マウリシオは抱き寄せて髪に口づけた。

「これから勉強すればいい。ただの小間使いなら勉強させてやれないが、私の妃ならば勉強し放題だぞ」

「――こんなときまで求婚するの、あんたは」

ふっと噴き出してしまい、それからリノは唐突にこみ上げた涙で声をつまらせた。慌てて目元を隠したが間にあわず、喉がみっともない音をたてる。

「リノ」

優しく呼んだマウリシオが抱きしめてくれ、リノは彼の胸に顔を埋めた。ジェラルドの前だとわかっていても、ほかにどうしようもなかった。

熱く頬を伝う涙のわけは、自分でもよくわからなかった。悲しいのか、嬉しいのか、寂しいのか、安堵なのか。

複雑に入り混じった激しい感情が胸を塞いで、溢れて、とめどなく流れていく。

ただあまりにもせつない。泣いていた母。彼女の孤独を思えば苦しく、同時に、父もこの小さな街で、病と闘いながら、不安と悔しさでいっぱいだったに違いないのだ。

それでも、互いに愛しあっていた。

「っ、泣いた、ことなんか、なかったのに」

「うん。偉かったな」

マウリシオは指をリノの髪に通して、幾度も撫でた。

「でも、今いっぱい泣いているリノも偉いよ。両親を愛している証拠だ——寂しかったよな」

「……——うん。寂し、かった」

「でも、リノは両親の愛の証でもある」

「……うん、……っ」

会いたかった、と焼けつくように思う。せめて、母にはもっと優しくしてあげればよかった。

辛抱強くあやすように揺すられて、堪えても堪えても嗚咽《おえつ》が漏れる。その背中を抱き直し、マウリシオはそっと囁いた。

「大丈夫。添い遂げられなかった二人の分も、リノのことは私が幸せにするから。たった一言、私を好きだと言ってくれれば、絶対に離れたりはしない」

かるい口づけが、髪に繰り返される。

「リノは、まだ一度も私に、はっきり好きだと言ってくれていないんだぞ」

「……うそ」

びっくりして、リノは涙で濡れた目をまばたいた。もう言ってしまった気がする。トレーダに来る前、手紙を読んでもらったあの日に。

マウリシオは「まだだ」と首を横に振った。

「言ってくれてない。リノの言葉を総合すると、嫌われていないとは思っているよ。でも言ってほしいんだ。きみから、私を望んでほしい」

「マウリシオ……」

「ジェラルドにも証人になってもらおう。カリフ国王の名にかけて、きみを生涯ひとりにはしないと誓うよ」

「もちろん、喜んで証人になりましょう。僕からもお願いしたいです。大切な友人二人にかわって、忘れ形見の幸福を見届けたいですから」

後ろからは穏やかなジェラルドの声がする。涙でびしょびしょの顔をマウリシオはすくうように持ち上げて、舌で目元を拭った。

「リノ？　私に愛を恵んではくれないか？」

「――馬鹿」

恵んでくれているのはマウリシオのほうだ。けれどもう、与えられる立場はいやだ、とは言えなかった。なにを投げ出しても、誰かに謗られても、リノがそれをほしいから。

父や母の気持ちが、今ならわかる。

どんなに困難でも、祝福されなくても、この人といたい。

「……マウリシオ。俺、あんたが――好き、だよ」

「ありがとうリノ。愛してる」

ぎゅっと抱きしめて、マウリシオが長いため息をついた。

「やっと言ってくれて嬉しいよ。頼むから、これからは私にもっと甘えてくれ。リノが頑張り屋なのはよく知っているが、頼ってもらえないと私が寂しい」

「――もう甘えてるよ」

「もっとだよ」

これ以上なんて甘え方もわからないし、できるわけがないと思ったが、リノはそれでも頷いた。だって、「寂しい」と言ってくれるマウリシオのことが好きだ。自分の一番弱いところを、彼にになら見せてもかまわない。

自分からもマウリシオに抱きついたリノに、ジェラルドが祈るように言った。

「どうぞ、お健やかに、お幸せにお過ごしください。コンラッドもフローラも、生きていれば、ひとり息子に望むのはそれだけだったはずですから」

「……はい」

リノは振り返って頷いた。

両親がかつてこの部屋にいた実感はない——はずなのに、見たこともない父と二人で並んで幸せそうに笑いあう母が、ジェラルドの横に、今だけは見える気がした。


ひと月ぶりに戻ってきたアルアミラ宮殿の後宮はどこか懐かしく感じて、リノはくすぐったく思いながら回廊から街を眺めた。

八月の半ばを過ぎ、夏が終わる前の強烈な眩しさで建物はどれもくっきりと浮き立って見える。濃い色の空には雲ひとつなく、庭の木々の緑は暗いほど生い茂っていた。

トレーダの街も美しかったけれど、ここも綺麗な街だ。父さんも見たかったかもしれないな、と思えば、じっと見ているだけでも退屈しない。

「リノ、そんなところで暑くないの？　こっちにいらっしゃいな」

回廊の端からカメリアが顔を覗かせて、お茶にしましょ、と誘ってくる。

「トレーダってどんな街だったか聞かせてくれない？」

「うん、いいよ」

誘いに乗ってハル・パハロに戻っても、広間はしんと静かだった。ナスーリが集めてきた貴族の娘たちは、リノが不在にしているあいだに皆後宮を去ったらしい。残ったのはカメリアだけで、彼女曰く「だって行くあてもないんだもの」だそうだ。

「それにほら、マウリシオ様がリノに飽きないとも限らないでしょ。そういうときのために、魅力的なあたしが後宮にいるのは意味があることだと思わない？」

リノとしてはなんとも返事のしようがない台詞だったが、昼間ひとりだといくら勉強していても時間を持て余すので、彼女がいてくれるのは正直ありがたかった。

トレーダから帰ってきて今日で五日目。マウリシオはトレーダ行きのあいだに滞った公務があるため、昼間は後宮まで来る時間がない。来月になれば居住を首都に戻すこともあり、いつになく忙しそうだった。

カメリアは熱いお茶にたっぷり砂糖を入れ、そのカップをリノに渡してくれた。

「あなたも大変よね、リノ」

「なに、急に」

強い甘さが暑い日には心地よい。お茶を飲みながらカメリアを見返すと、彼女はふん、と鼻を鳴らして笑った。

「マウリシオ様よ。リノのこと、側室じゃなくて正妃にしたいって言い出したんでしょ。ナスーリ様がもう、鬼のように怒ってたもの」

「……どこでナスーリに会ったんだよ。あの人、ここまでは許可なく入ってこられないはずだろ」

「もちろん許可はいただいたわよ。あたしが会わせてくださいってマウリシオ様にお願いしたの。後宮にとどまるか出ていくか、一度ご相談させてくださいってね」

カメリアは余裕たっぷりに脚を組み替えた。

「後宮にいるっていうのにそんな庶民みたいな格好しているリノに、規則についてどうこう言われたくないわね」

今リノが着ているのは、村で暮らしていたころのようなシャツとズボンだ。生地はずっと上質なもので、清潔で着心地がいいけれど、見た目はたしかにただの平民だった。

「だいたい、トレーダへの視察に、後宮の者が同行するなんて前代未聞よ。そりゃナスーリ様も怒るわよ」

「――それは、まあ、わかるけど」

堅物そうなナスーリは、もともとリノのことには反対だったのだから、当然今も快くは思っていないはずで、ものすごく怒っているのは想像がついた。マウリシオは気にするなと言っていたけれど、リノとしてはまったく気にしないというわけにはいかなかった。

マウリシオの求愛を受け入れた以上は、彼に愛される資格があると認めてもらえるよう努力したいと思う。父は国を捨てる覚悟だったらしいが、もしできるのなら、父だってマウリシオのように、愛する妻を周囲に認めてもらおうとしただろう。だったら、彼らの分も、自分は努力すべきではないか、と思うのだ。

けれど、ナスーリが納得して認めてくれる日など来るだろうか。

文字の読み書きを習得するくらいでは、とても認められる気がしない。

ため息をお茶を飲むことで隠すと、カメリアは扇子をひらいてさばさばと言った。

「ま、あたしは側室のひとりとしてでもここに置いてもらえれば、細かいことは気にしないわ。王様のすることに腹を立てたり反対したりしたって無駄だし、余計なことをして消耗するのって好きじゃないもの」

「……カメリアって逞しいよね」

「あたりまえでしょ、ぼーっとしてて幸せになれる人間なんてめったにいないのよ」

扇子ごし、色っぽい流し目をしてみせたカメリアは、そこでぱっと表情を変えると身を乗り出した。

「で、トレーダはどんなところだったの？　マウリシオ様との初めてはどうだった？」

「初めて？」

旅をしたことだろうか。首を捻るとカメリアはじれったそうに睨んでくる。

「だから！　初めて抱かれてどうだったかって聞いてるの。したんでしょ、お妃にしたいって言われるくらいだもの」

「し、してないよ、なんにも」

リノは真っ赤になって、急いでお茶を飲み干した。

「なんでそんなこと、カメリアに聞かれなきゃいけないいんだよ」

「あたしだって側室狙いで後宮にいるのよ、気になるに決まってるでしょ。——なによ、ほんとになんにも、一回も抱いていただいてないの？」

カメリアはお茶のおかわりを作ってくれる。今度もたっぷり砂糖を入れたカップを受け取り、リノは唇を尖らせた。

「だ、だって、痛いって言うじゃん。長距離移動しなきゃいけないし、俺の身体に負担がかかるといけないからって、マウリシオが……」

リノも、トレーダの街で泊まったときは、もしかして、未知のあの行為をするのだろうかと思わなかったわけではない。ジェラルドと話した日の夜は相当緊張してベッドに入ったくらいだ。だが、マウリシオが帰ってからでいいと言ったのだった。

そうして戻ってきてからも、リノが身構えてしまうからか、今までどおり口づけて抱きしめるだけで終えてくれていた。

「ま、あたしとしては、あんたに既成事実を作られる前に、あたしにもチャンスがあるってことだからべつにいいけど。マウリシオ様も大変ね、お子様相手だと」

「俺はもう大人だってば」

「はいはい、大人ね、もうおっきいもんね」

カメリアは完全に馬鹿にした口調で適当に言い放ち、ため息をついた。

「じゃあその話はもういいわ。トレーダの街のことを聞かせてちょうだい。いい男はいっぱいいた？」

「いい男って……綺麗な街だったよ。花が多くて、坂道だらけで小さい街だけど、落ち着いていていい感じだった。ちょっと歩いただけでも本屋さんや筆記用具の店がいっぱいあって、学問の街なんだなって」

「えぇ、なんだか陰気臭そうね。学者ってあたし、なんだか好きじゃないわ。でもトレーダなら、外国から来る人も多いのよね。お茶もおいしかった？」

「お茶はここのがおいしいかも。外国からの人は、たしかに多かったよ。背の高さも肌の色も、髪の色も目の色も、いろんな人がいたから。あと、昔から象嵌細工《ぞうがんざいく》っていうのが盛んらしくって、あちこちにお皿とか箱とかが売られてて、面白かった」

「それなら見たことあるわ。シスリアの貴族にも人気があるのよね、あれ」

カメリアはけっこう熱心に聞いてくれる。ほかには？　と尋ねられ、リノはお茶に口をつけて考え込んだ。

父のことは言えないが、ジェラルドについてなら、少しはいいだろうか。

「……学者の人とも話せて、学問っていろいろあるんだなって思った。本を読むだけかと思ったら、違うんだね」

お茶を飲み込むと砂糖の甘さが舌に残る。ざらりとした酸味のような、苦味のような後味があって、リノはわずかに眉をひそめた。

砂糖を入れすぎただろうか。いつもなら砂糖を加えたお茶はまろやかになっておいしいのに、今日はいまいちだ。これならマーマレードを入れたほうがずっと爽やかでおいしい。

「違うって、どういうこと？」

カメリアはさらに聞いてくる。リノはもう一口お茶を飲み込んだ。

「農作物とか、人間や動物の病気のこととか……あとは、お金のこととか、そういうのも、いろいろ学ぶんだって」

「なんだかあんまり面白くなさそうだけど」

「でも、みんな真面目に取り組んでるように見えたよ。話をした学者の人は……ジェラルドっていう人で、死ぬまで研究を続けたいって言ってた、から」

なぜか呂律《ろれつ》がうまく回らなくなってきて、リノはカップをテーブルに置いた。変だ。眠いわけでもないのに、意識がふうっと遠のいて、カメリアの顔がよく見えない。手足は熱を持って重く、力が入らなかった。

「……ちょっとリノ、大丈夫？　ふらふらしてるわ」

カメリアが慌てたように立ち上がる。リノもどうにか立ち上がろうとした。

「だいじょう、ぶ。……疲れが、出たかも、しれな――、か、ら、」

ぐらりと身体が揺れ、音をたてて長椅子に倒れ込んでしまうのが、自分のことではないように遠く感じた。耳の奥が熱い。かすみがかかったように頭がぼんやりして、なんだか気持ちが悪い。舌の奥には溶け残った砂糖がざらざらして、飲み込もうとすると喉がじんと焼けるような感覚がした。

力がどこにも入らなくて、リノは長椅子からも崩れ落ちた。その目の前で、よく磨かれた革靴が、かつんと音をたてる。

「よく効《き》いているようだ。運べ」

冷ややかな口調には聞き覚えがあった。かろうじて首を捻って見上げると、黒い豹の頭を持つ、痩せた男が見下ろしてくる。

「シスリアの媚薬《びやく》はお口にあいましたかな」

「ナ、……、――っ」

ナスーリ、と名前を呼ぼうとしたリノは、身体が宙に浮く感覚にびくりとした。誰かが抱き上げたのだ、と気づいたときには屈強な男の肩に担ぎ上げられていて、不愉快そうに顔をしかめたカメリアと目があった。

「聞いてないわ、媚薬だなんて。だいたいここは後宮なのよ。ナスーリ以外の男が入ってくるなんて――」

「黙れ、娼婦上がりが」

きつい声でナスーリが遮り、カメリアが口をつぐむ。

リノは自分の手足が無防備に揺れるのを感じた。担いだ男が向きを変えたのだ。後宮を出ていくつもりだ、と悟って、リノは酔ったような吐き気に耐えながらもがいた。

抵抗しないと、連れていかれてしまう。

「おまえはせいぜい陛下を誘惑して、願いどおりに子を孕めるように努力しろ。死にたくなければな」

どこか遠くからナスーリの嘲《あざけ》るような声が聞こる。カメリアが悔しそうな顔をするのが見えた。せめて叫び声でもあげられればと思うのに舌が動かず、リノはもどかしく呻いた。

卑怯《ひきょう》だ、とナスーリに言ってやりたい。こんなことをして、マウリシオが許すはずがない。カメリアまで脅すだなんて、最低だ。不満があるならリノにだけぶつければいいものを。

実際には抗議どころか弱く唸《うな》ることしかできないリノを、ナスーリたちはどこかへ運んでいく。いつも警護している後宮の衛兵の姿はなく、無人の廊下を足早に進むところまではわかったが、ぼやけた意識では、そこまでが限界だった。

どれくらいの時間がかかったのかも定かではなく、やがて乱暴に下ろされたのは暗くて湿っぽい場所で、土で汚れた石の床が火照った頰にひどく冷たく感じられた。

周囲には幾人もの気配があって、その不穏さに胃が竦むような心地がする。

いやな予感に起き上がろうとして失敗し、リノは低く呻いた。はるか上のほうから、あざ笑う男たちの声が降ってくる。

「なかなか活きがよさそうですな」

「身体は丈夫なはずだ。なにしろ下賤の生まれだからな。母親は娼婦だそうだ」

「それは楽しみだ。あそこの使い心地がいいのを願ってますよ」

下品な笑い声に、かあっと意識が焼けた。ふざけるな、と怒鳴りたくてもできず、リノは床に爪を立てた。苦しい。

熱でも出たように全身が熱い。気づけば呼吸は浅く、荒くなっていて、寒気に似た感覚が身体の芯を貫いていた。そのくせ燃えるように熱く、肌をかきむしりたくなる。特に下腹の奥が、じゅくじゅくと熟れすぎた桃のように、溶け出しそうな錯覚がした。

(な、んだよ、これ……、変に、なりそう)

じっとしていられなくて、腰がゆるゆると上下してしまう。つらくて身じろげば、雑な手つきでシャツが脱がされ、続けて、無遠慮な手がズボンにかかった。

ずるりと引きずり下ろされて下半身がむき出しになり、リノはぞっとした。

——これは、まさか。

「これからおまえを傷物にする」

「……っ、や、め……、」

「父親もわからないような娼婦の息子で寒村生まれのベリア半島人など、我がシスリア帝国に入り込まれては困るのだ」

鉄を仕込んだナスーリの靴のつま先が、裸のリノの腹の下に入り込み、虫でも蹴るようにしてひっくり返した。硬い靴底が股間に乗り、本能的な恐怖に呼吸が引きつれる。

「——っ、ひ、……」

「私はこう見えて慈悲深い。飲ませてやった媚薬は、シスリアでは生娘《きむすめ》や暴れる相手に使うものなのだよ。いやがったり痛がったりされては興が削がれるからな、媚薬を飲ませて淫らさを引き出し、感じさせてやる紳士的な薬だ」

ぐっと踏まれると、自分のそこがかたちを変えているのがはっきりとわかった。朝くらいしか勃ち上がったことのない分身は、かつてないほど反り返り、ナスーリに踏みつけられてびくびくと痙攣《けいれん》している。

ナスーリは揶揄《やゆ》するようにつま先の位置をずらした。

「すっかり興奮しきっているな。相手は三人いるから、おまえもたっぷり楽しむといい」

「……い、ぁアッ！」

ぐりっ、と根元の袋を刺激され、リノは身体を丸めた。熱い痛みが全身を貫き、続けてどっと汗が噴き出してくる。痛烈な刺激で肌は総毛立ち、過敏になってびりびりと震えるようだった。

なのに、勃ち上がったものは萎《な》える気配もない。

ナスーリは短く侮蔑的な笑いを漏らすとリノから離れた。

「すんだら門の外に捨てておけ」

「わかりました」

笑って応じる男の声と同時に、きつく髪を摑まれ、無理やり顔を上げさせられる。ぼやけた視界の正面に男の下半身があり、彼は見せつけるように己を露出した。

「楽しみにしてろ、口にもケツにも出してやるからな」

リノは精いっぱい睨み返した。頭はぐらぐらして気分が悪く、しつこく残る痛みと薬のせいで力は入らない。それでも、屈辱に負けたくはなかった。

(絶対に、傷物になんかならない。母さんたちにも、マウリシオにも、ジェラルドにだって申し訳ないもの)

だが、強くそう思う意志とは逆に、身体はわずかも言うことを聞かなかった。ごつごつした手のひらが尻を撫で、ぐっと摑んできても抵抗できない。すうっと冷たく感じる尻のあわいを、男のひとりが覗き込んだ。

「なかなか可愛い色じゃねえか。こんなに小さいと裂けそうだ」

「や、……、うッ」

羞恥と悔しさで目眩がした。そんなところ、マウリシオにだって見られたことはないのに。

「裂けてもいいだろ、血が出れば濡らす必要もなくていい」

もうひとりに勃起したままの性器を握り込まれ、リノは唇を嚙みしめた。逃げられそうにない。

（こんなことになるなら、痛そうとか尻込みしないで、マウリシオにしてもらえばよかった）

彼に抱かれるのがいやだったわけじゃないのに、身構えて先延ばしにしたりしなければ――こんな目にあわずにすんだかもしれないのに。

カメリアはマウリシオに事情を話してくれるだろうか。まだ陽は高い、彼が後宮に来るにしても、あと数時間はかかる。でも、マウリシオが後宮に来てくれて、リノがいないことに気づき、カメリアが話してくれれば、きっと探してもらえる。

それまで耐えるしかない、と覚悟を決めたとき、乱れた足音が響いた。かつかつと靴底に打たれた鉄が、床を蹴る音。

「お待ちください、陛下！」

苛立ちと焦りを混ぜた声が荒い足音に交じり、リノの身体を摑んでいた男たちの動きがとまる。さっと背後から風が流れ込み、リノは手を離されて崩れ落ちた。

外の明かりを背に、黒く影になった姿は見間違えようもなかった。

静かに踏み込んできたマウリシオは、リノの傍らに膝をつくとマントを外した。それでリノを覆いながら、鋭い声を投げかける。

「待て、と言うのは、これを私に見せないためか、ナスーリ」

「――よくお考えください、と申し上げているのです」

ナスーリはひらき直ったようにため息をついた。

「ご覧ください。髪の色も目の色も、このあたりの者とは違う。その男はただのベリア半島人どころか、淫らな母親が異国人相手に商売をして、父親もわからず産み落とした、愚かさの結晶なのですよ。お父上であるシスリア皇帝も、あなたの兄上たちも、国民も、そのような妃など受け入れるとお思いですか？」

「受け入れるかどうかを決めるのはおまえではないだろう」

マウリシオはマントごとリノを抱き上げた。しっかりとかかえられ、厚い胸にもたれかかると、安堵がこみ上げてくる。

この腕の中は知っている。決してひとりにはしないと誓って、守ってくれる場所だ。

自然とゆるんだリノの顔を見つめてから、マウリシオはナスーリを見やった。

「私は認められると思っているよ。半島の民ともつながりを持つのは、カリフ王国として間違った方向であるはずがないのだから」

「ですが――」

「少なくとも、私の家族が反対することだけはない。カリフ国王などいやだとごねていた私が、身を固めて責務を果たす気になったのだから、むしろ父にとってリノは恩人だ。――ほかの誰も、私をその気にさせた人間などいないからね」

リノも初めて聞く内容を淡々と語るマウリシオに、ナスーリは露骨に顔をしかめた。

「だからと言って、由緒正しい皇家の血統を汚すおつもりか」

「閉じこもって淀むほうが、よほど汚れる。新しい水が流れ込まない池は腐ってしまうだろう?」

「シスリア皇家は池ではございません、マウリシオ様。そのような屁理屈を……」

「ナスーリ」

なおも言い募ろうとしたナスーリを、マウリシオは毅然と遮った。

「おまえの忠誠心をなかったことにはしたくない。これ以上、失望させないでくれないか」

ナスーリは侮辱されたかのように顔を歪めた。

「失望ですか。もともと陛下は、私に期待などしておられないでしょう。一度だって私を重んじてくれたことはありますか?　いくら意見したところで聞き入れるそぶりさえない」

「私とおまえでは考え方が違うからな。違うからこそ、副官にはおまえがいいと思っていた。一度立ちどまって考えるきっかけをくれるから。独善的にならないようにするには、ナスーリのような人間が適任だと思っていたんだ」

「……マウリシオ様」

静かな声に、ナスーリは困ったように口をつぐんだ。わずかに寂しげに見やったマウリシオは、それでもきっぱりと言った。

「だが、おまえが罪もない人間に危害を加えるというなら話は別だ。これがリノでなくカメリアや、ほかの女性でも同じだ。罪を犯させたのは私かもしれないが、その一線を踏み越えてほしくはなかったよ、ナスーリ」

ナスーリからの反論はなかった。

黙ったまま居心地悪げな男たちに合図し、足音も高く出ていく。マウリシオはゆっくりとリノを抱きしめ直した。

「すまなかった。まさかこんな手段には出るまいと油断していたのは、私の責任だ」

「……へいき。なにも、されて、ない」

まだ痺れたように鈍い口を動かして声を絞り出すと、マウリシオは痛ましげに眉間に皺《しわ》を寄せた。

「つらそうだ。部屋に戻ろう」

「──マウリシオ、……しご、と」

「仕事は明日でもできる。カメリアが禁を犯して後宮の外に出て、私に伝えてくれたんだ」

「外、って、そんな……」

後宮の女性が許しもなく外に出れば罰を受けなくてはならない。あれほど側室になりたがっていたのに、カメリアはリノのために、行動してくれたのだ。

「詫びていたよ。ナスーリに言われて、リノに眠り薬を飲ませたつもりだったとね。眠らせて、夜は彼女が私と過ごすという計画だと思っていたのが、ナスーリに渡されたのは媚薬で、無断で入り込んだ男たちにきみが連れていかれたと、教えてくれた」

抱かれて外に出ると、マウリシオは階段を上がっていく。連れ込まれたのはどこか地下だったらしい。上がりきると外で、午後の光が眩しく目を焼いた。リノはまぶたを閉じて、熱っぽい息をついた。

助けられて安心したせいか、身体はさっきよりもだるい。汗ばんでいて不快だし、じんじんと痺れた性器は濡れたような錯覚がした。そこだけでなく、尻の奥——普段は意識しない孔のあたりまで、むず痒く感じる。下腹の奥は相変わらず溶けたようで、気を抜くとお漏らしをしてしまいそうだった。

「カメリアのこと、……怒らないで、あげて」

「もちろんだ。彼女がいなくてもナスーリはきみに危害を加えようとしただろうが、カメリアがいなければ私はリノを助けられなかったかもしれないからね」

請けあったマウリシオは、励ますように抱きしめてくる。

「もう少しだ。我慢させてすまない」

「へいき……」

笑ってみせようとして、うまくできずに顔が歪んでしまう。マウリシオが静かに歩く振動さえ、身体の奥に響いてつらかった。疼く熱は少しずつ増すばかりで、我慢しても、今にも失禁してしまいそうな濡れた感覚もどんどん強くなってきている。

漏れちゃう、とはさすがに言い出せない。なんとか膝を閉じあわせようとしても力が入らず、マウリシオがようやくベッドの上に下ろしてくれたときには、股間はじっとりと湿って感じられた。

このままでは、おしっこでベッドを汚してしまう。起き上がろうとしたリノは、天井が見慣れない装飾なのに気づいてどきりとした。

「ここ、どこ？」

「私の部屋だ。安心していい」

「マウリシオ、の」

ということは、このベッドも彼のものということだ。さあっと身体が熱くなり、焦りがこみ上げてくる。自分のベッド以上に、マウリシオの、王のベッドで粗相なんてできない。

「先、にっ……、トイレ、……っ」

恥を忍んで頼もうとしたリノの上に、マウリシオが覆いかぶさってくる。腫れたように感じる股間に手があてがわれ、びくり、と全身が跳ねた。

「やっ……、待、待って！」

「最後まではしないよ。だが、こんなに昂ぶっていてはつらいだろう。楽にしてやる」

「さ、わらない、……でっ、だめ、」

やんわりと握り込まれると今にも溢れそうな感覚が襲ってきて、腰がひくひくと勝手に浮いた。マウリシオの手が幹に沿って上下すると、手のひらはぬるりとすべり、もう出かけている事実に目眩がする。

「で……ちゃう、からっ、や、めて……っ」

「出すためにしているんだろう。恥ずかしがらなくていい、楽にして」

マウリシオは耳元に口づけてくれたものの、手はとめなかった。しゅ、しゅ、と小気味よく動かされ、性器は生き物のように脈打つ。中心を貫く排泄感を、リノは必死に堪えようとしたが、いくらも保たなかった。

「ん――っ、……ぁ、……、あ、……っ」

絶望的な気分でリノは下半身を見下ろした。

予想に反して、溢れてきたのは尿ではなくて、白くどろりとした液体だった。ときどき、朝起きたときに服を汚しているあれだ。それが扱かれるのにあわせて噴き出し、糸を引いて垂れ落ちていく。

「な、……んで、白いの、……」

呆然として呟くと、マウリシオが奇妙な顔をした。

「なんでって……リノ、まさか射精したことがないのか？　こういうのが出たのは初めて？」

「――朝、起きた、ときに……出てることは、あるけど」

気にはなっていたが、相談する相手もいないし、体調も悪くないから気にしないことにしていた。なにか変だろうか、と戸惑って見上げた先、マウリシオはなんともいえない表情だった。

「自慰の経験もないのか……」

「じい？　祖父には会ったことないけど、変？」

「いや、変じゃない。養父はまともな男じゃなさそうだったし、教えてくれるような親しい存在もいなかったんだろう。知らなくても無理はないよ。——だが、まいったな」

マウリシオは嘆息し、それから不安げなリノに向かって微笑みかけた。

「安心しなさい。これは子種だ」

そう言いながら、まだ芯を持ったままのリノの性器に指を絡める。伝い落ちた名残の白濁を拭い、それを根元の膨らみに塗り込むようにしていじられ、リノはじゅわりと染み出す感覚に身をよじった。

「っ、そ、そこやだ、って……！」

「痛くはしない。優しく揉《も》まれると気持ちいいはずだ」

囁きと一緒に唇をついばんで、マウリシオは教えてくれた。

「白い体液は子供を作るために必要なものなんだ。通常は女性の身体の中に放つと、うまくいけば子を生《な》せる。私とリノの場合は、私の子種をリノの中に注ぐことになる。——性交の仕方は？」

「それは……なんとなく、は、知ってる、けど」

男のものを女性の中に入れるのだとは知っていた。でも、具体的にどうするのか、と言われると説明はできない。

つらそうな母を見ていたせいか、彼女が村人から嘲られるのを見ていたせいか、男女の営みには忌避感があって、娼館で下働きをしていても、客と娼婦がどんな行為をするかは、知りたいと思わなかった。

マウリシオはゆるゆるとリノの性器をこすり上げる。

「では、次の機会にゆっくり教えてあげよう。今日はもう数回、この白いのを出すだけだ。まだつらいだろう？」

「――っ、マウリシオが、触るからだ……っあ、ま、また、」

じぃんと焼けつくような感覚が、下腹部から湧いてくる。きゅっとくびれを締めつけられると性器はたちまち頭をもたげ、先端の小さな孔が口を開けた。

「ぁ……、くっ」

「我慢しなくていい。出してごらん」

孔周りの皮を伸ばして、マウリシオは浅い割れ目をむき出しにし、促すように指でこする。裏側の筋をたどるように、くびれから先端に向けて親指で強く刺激されると、あっと思う間もなく白い雫が滲んだ。

「ふ……っあ、あぁ……っ」

絞るように扱かれると痛みに似た感覚が走り抜け、背中が自然と反り返る。放出感をともなうその感覚は性器だけでなく、身体の芯を貫いて、頭まで響いた。それが、マウリシオに手淫されて白濁を零すたびに、繰り返し襲ってくる。

「っも、やだっ……、あ、……っ、これ、や、だって、ば、ぁッ」

「まだ出てる。こうして少しいじるだけで溢れてくるんだ、抜いてしまったほうが楽だよ」

「ん、ぅ、っ、……っ、あ、……ッ！」

少し強めにこすられて、びゅっと子種が飛び出すと、頭の中が真っ白になった。すうっと意識が遠くなり、波で洗われるような快感が下半身から広がっていく。

はあはあと荒い息がひっきりなしにこぼれる唇を、マウリシオがついばんだ。

「やっとしぼんだな」

「こ……れで、終わり……？」

水の中にいるかのように声がぼやけて響く。

「薬の量がわからないからな。またつらくなってきたら同じように楽にしてやるが、今日はこれだけにしておこう。せっかくのリノの初めては、もっと幸せな状況がいい」

短い口づけを繰り返され、リノはマウリシオを見上げた。自分の呼吸はまだ浅く荒いのに、彼のほうは普段どおりで、穏やかで落ち着いた表情だ。汗で張りついた髪を優しく払われ、リノはごくりと喉を鳴らした。

「——今日、してもらうのは、だめ？」

自分からせがむような真似は恥ずかしい。けれど、熱くなった頬に感じた石の床の冷たさや、尻を覗き込まれたときの絶望的な気持ち、耐えるしかないと思いながらつらくて悔しかったことを思い出すと、言わずにはいられなかった。

「そのうちすればいいって先延ばしにしたら……また、さっきみたいなことがあったら、きっと後悔するから」

「あんなことは二度とさせない」

「信じてるけど、でも……わかんないじゃん。明日って言って、なにかすごいことがあって、母さんと父さんみたいに、二度と会えないかもしれない」

「リノ……」

宥めようとしてか、マウリシオはリノの顔を包むように撫でてくる。リノは手のひらに頬を押しつけ、じっとマウリシオを見上げた。

「マウリシオが、どうしてもいやだって言うなら諦めるけど、いつかしてくれるつもりなら、今日してよ」

「——もっと幸せいっぱいに、抱いてあげたかったんだが」

ふぅ、と息をついて、マウリシオは身体を起こした。リノの額に口づけを落とす。

「リノの言うとおりだ。先延ばしにして後悔するのは私もいやだし、できるものなら、一秒でも早くきみを私のものにしたい。ずっと待っていたからね」

「ずっと？」

「もちろん、きみを後宮に迎え入れた日から、いつ愛しあえるかと心待ちにして、望んでいたよ」

好きだからだ、と彼は囁いた。

「愛しているからきみがほしい。――できるだけ苦しくないように努力するから、少しだけ、待っていてくれるか？」

「――うん」

頷くと、頭がぼうっとした。マウリシオの声がいつもより低かった。ほんの少しだけ早口なのも、ほしい、と言われるのも、リノの胸を締めつける。

それは懐かしさに似た感慨だった。やはり苦しいのだ、と思えば不安はあるのに――不思議と、生まれる前からこの日を知っていた気がした。


ぐちゅ、ぐちゅ、と粘ついた音が静かな室内に響く。外からはまだ明るい光が差し込むなか、リノは両足を高く上げ、腰を天井に差し出すような格好で、体内に指を受け入れていた。

「……ふ、……、ん、くっ、」

「リノ、唇は噛むな。息はつめないで、声は自然に、出そうになったら我慢しないこと」

「ん、わか、……っ、ん、ぅっ」

二本揃えたマウリシオの指先が、誰も触れたことのない内側の粘膜をこする。触れられるとじん……と痺れる場所があって、そこを指が通過するたびに、つま先が勝手に丸まってしまう。

マウリシオは一度指を抜くと、壺からたっぷりと粘液をすくい取り、またリノの中に入れてくる。

「——っ、ぁ、……ぅ、ぅ、んッ」

「声を出すんだよ、リノ。気持ちよくならなければ、私を受け入れることはできないからね」

「でも、……っ、き、聞こえ、ちゃ、……ッ、あッ」

くにゅりと痺れるあそこを揉みほぐされ、リノは大きく仰け反った。下腹部から喉のあたりまで、雷にでも撃たれたみたいな衝撃が走って、震えがとまらない。白濁を抜かれて一度はしぼんだ性器も、再び頭をもたげて張りつめていた。

「さっきこの壺を持ってきた侍従なら下がらせてある。誰もいないよ」

王であるマウリシオの自室には、普通、夜の相手をつとめる女性は入らない。そのためなんの準備もないらしく、必要なものはさきほど、マウリシオが侍従に運ばせたのだった。

でも、とリノはもう一度言おうとして、窄まりに当たる指の感触に息を呑んだ。

「っ、マウリシオ、待っ、あ、……あ、ぁあッ」

ぐぐっ、と三本目の指がねじ込まれ、視界が真っ赤に焼けた。ひりつく痛みが襞の伸びきった窄まりに走り、だがすぐにじわじわしたもどかしさが生まれてくる。

みっちりと孔を拡張して指を収められているのが、なんともいえず落ち着かない。抜き差しされると溶けてしまいそうに感じて、下腹がびくびくと震える。マウリシオは揃えた指を回転させながら、ゆっくりと奥へ押し込んだ。

「私が動かすのにあわせて息をしてごらん。入れるときに吐いて、抜くときに吸う」

「っ、あ、……、ん、……、ん、は、ぁっ」

「そう、上手だな。しっかりやわらかくなっているよ」

たっぷり粘液を足されたせいで、指を動かされるとぐしゅり、ぶちゅり、とさっきよりも激しい音がたつ。少しずつ動きを速められ、リノはシーツを摑んで腰を上げた。

「っ、あ、な、んかっ、あ、あっ、なかがっ、あ、ぁっ」

「気持ちいい?」

「わ、かんな……、か、かゆいっ、あっ、ぁ、ああっ」

こすってもらっているのに、もっとこすられたい感じ。いっそ強く抉ってほしいような、じれったい感じがする。意識していないのに身体がよじれ、何度も尻が上下してしまう。

マウリシオは満足そうに目を細めた。

「それでいい。少し強めに動かすから、痛かったら言うんだ」

言うなり、マウリシオは指を突き入れた。手のひらを股間に叩きつけるほどの勢いで、ぱんぱんと音をさせながら出し入れする。

「～～ッ、あ、ああっ、や、アッ、は、あ、あァッ！」

がくがくと、脚も身体も揺れた。痒さと痺れを混ぜたような刺激が駆け抜けて、頭が真っ白になる。

不快でしかないはずの感覚なのに――じゅぽじゅぽかき混ぜられるのが、気持ちいい。

「や、ぁ、やあっ、あ、アぁっ、あ、……っ、あ、あ、……ッ」

びくん、と大きく反り返り、リノはつま先まで突っ張らせた。燃えるように熱い性器からとろとろと白いものが溢れて、幹を伝う。出しきってしまうまで強張っていた全身は、終わると濡れた藁のように重くなった。

「ん……は……っ、ぁ、……っ」

「すっかり蕩けたよ、リノ。これなら私のものも入りそうだ」

指を抜いたマウリシオは、曝け出されたリノの孔を丹念に撫でて確かめると、服を脱ぎ捨てた。

鈍い耳鳴りとだるさに支配されたまま、リノはぼうっと見つめた。

見慣れた黒い衣が取り去られると、褐色の鍛えられた肉体が露わになる。盛り上がった胸筋から引き締まった腹まで眺めると、視線はその下に吸い寄せられた。

ひくっ、と喉が鳴る。リノの淡い茂みとはまったく違う濃い陰りから勃ち上がったマウリシオの分身は、そのかたちも、大きさも、見たことのないものだった。

重たげな大きな袋の上にそそり立つそれは、全体的には人間のものと同じかたちだ。だが幹にはぼこぼことした隆起があって、それはよく見ると下向きの、丸みを帯びた棘《とげ》のようだった。長く凶暴な幹の先端は、カリが大きく張り出し、斜めにひずんだような亀頭が存在を主張していた。あんなに太いものが入るわけがない。

無意識に竦んで逃げそうになったリノの上に、マウリシオが改めて身体を重ねてくる。引けた腰をぐっと戻されて、リノはマウリシオの腕にすがった。

「ほ、んとに、入れるの？」

「不可能ということはないよ。ただ、我々シスリア人のものはほかの人間のものとは少し形状が違う。だから普通の性交よりも、最初は苦しい」

「……そうだよね」

そっと身体を重ねているだけなのに、腰に当たるマウリシオの大きさははっきりわかった。芯を持って硬く、熱く、ずっしりと重く、丸みのある棘《とげ》のようなあの下向きの突起がごりごりと肌を刺激してくる。

「慣れればたまらない快楽だとも言うぞ。私は受け入れた経験がないからわからないが、味わうと忘れられないほどの悦びだそうだ。リノも早く慣れてくれるといいんだが」

マウリシオはリノのウエストを両手で掴み、そこから胸へと指を這わせてくる。器用に動く指先は小さく尖ったリノの乳首の周りを撫で、痛くない強さでつまんだ。

「……っ、ふ、……」

びん……、とかすかなむず痒さが胸に生じて、リノは眉根を寄せた。乳首なんて、存在も気にしたことはなかったのに、親指と人差し指の根元近くを使って、強弱をつけてつまれると、もっとされたいような変な感じがする。

「胸を可愛がると、身体の中がもっとゆるみやすくなる。中に私のものが入って、きつくてたまらないときは教えてくれ。こうして乳首をいじって、楽にしてやるから」

「わ、わかった……、ん、んっ」

「ああ、もう気持ちよくなっているね。いじられるとお尻が動いてしまうの、リノにもわかるだろう?」

「動かしてないっ……、でも、勝手に、……ふ、ぁっ」

「勝手に反応してしまうのがいいんだ。感じている証拠だからね」

マウリシオは一度だけこりっと強く乳首をつまむと、リノの膝に手をかけた。

すくい上げ、脚を折りたたませて、膝は肩につきそうなほど曲げさせ、踵を高く上げさせる。身体を二つ折りにされた格好になると、無防備な性器が揺れるのが見えて、リノはぼうっと赤くなった。

マウリシオのものに比べたら赤子のような大きさの性器も、小さな膨らみも、たっぷりほぐされた孔も、天を向いてマウリシオの目の前に丸出しになっている。まともに動くこともできない体勢はそれだけで心もとないのに、隆々と猛ったマウリシオのものが近づけられると、どうしても竦んでしまう。

斜めに尖った先端が窄まりの中心にあてがわれ、かるく押し込まれただけで、圧倒的な質量に息がつまる。

半ば無意識にシーツを握りしめると、マウリシオは右手を伸ばし、指を組みあわせて握ってくれた。

「怖くはないよ。ひとつになるだけだ」

「――ひとつ、に」

「私とつながるんだ。痛いのも、気持ちがいいのもともに味わう。リノひとりじゃなく、私も一緒だから……いいね?」

きゅんと胸が疼いた。

かたちは違っていても、角度をつけて勃起しているのだから、マウリシオだってつらいはずだ。出てしまいそうな感覚を堪える苦しさはいやというほど味わったばかりで、そんなときでも優しい声がかけられるマウリシオはすごい。

それだけ大切にされているのだ。

よかった、とリノは思う。マウリシオと出会えてよかった。好きになってもらえて、好きになれて、よかった。

「俺は平気。……入れて」

大きく息を吐いて、リノは努力して力を抜いた。指が三本も入ったのだから、もっと太いマウリシオのだって、きっと入る。

ぎゅっと目を閉じた瞬間、硬く熱いものが入ってきた。

「――ッ、あ、……あ、あああッ！」

意識ごと揺さぶられたような衝撃に続けて、ねっとり絡みつくような熱さと痛みが、股間から脳天へと突き抜けた。激しい異物感がやわらかい粘膜を押しつぶし、巻き込み、少しずつだが確実に奥へと入ってくる。

「は……っ、ふ、……っ、あ、……ッ」

目を開けても、ちかちかと眩しくてなにも見えなかった。びりびりする。焼ける。これ以上ないというほど拡張された襞はどんどん引き伸ばされ、硬い先端は指が届かなかった奥を掘削していく。

耐えきれずびくんと痙攣すると、マウリシオが強く手を握った。

「すまない……苦しいよな」

乱れた息の交じる声は掠れていて、心底申し訳なさそうだった。かすむ目をまばたいて見上げれば、初めのころ街で見かけたように耳を寝かせた、きまり悪げな表情をしていて、胃の底あたりがぽっとあたたかくなる。

「……る、しく、ない、よ」

リノはマウリシオの手を握り返した。

「これくらい、なら……ぜんぜん、だいじょ、ぶ、だから」

眉間に皺を寄せたマウリシオの顔を見ればわかる。たぶん彼も痛くて、苦しいのだ。狭いところに無理に入れているのだから当たり前だ。

それでも抜かずにつながろうとしてくれているなら、リノだって頑張らないわけにはいかない。

「マウリシオの、なら、平気。……続けて」

「優しいな、リノは」

目を細めたマウリシオはかるくリノをゆすり上げるようにして、さらに己を進めた。

ぐっと穿たれて息を呑み、竦みかけると、マウリシオは胸を撫でてくれた。こりこり刺激されるとあのむず痒い感覚が生まれ、本当に力が抜けていく。

どろりと潤んで感じる内部の奥深くに入るまで、マウリシオは辛抱強く、ゆっくりと征服してくれた。突き当たってこれ以上入らないところまで収めると、背を丸めるようにして口づけてくる。

「偉いよ、リノ。奥まで入った」

「ん……、」

激しい痛みは通りすぎたかわり、全身、どこも痺れているようだった。いつのまにか汗まみれになり、ふわふわした目眩がやまない。何度まばたいても虹色の光が視界に舞っていて、マウリシオの顔さえはっきりしなかった。

それでも、あまくついばまれれば嬉しい。ぎっちりとかみあって挿入されたマウリシオの分身は脈打つようで、その重さも硬さも、慣れてしまえば苦痛ではなかった。

マウリシオは口づけを繰り返し、額や目元、頬を愛しそうに撫でる。

「綺麗な顔だ。美しい」

「……絶対、みっともない、顔してると思う……」

火照っているし、目の焦点はあわず、口は閉じられなくてふにゃふにゃと歪んでいる。マウリシオは「本当に美しいぞ」と笑うと、ひらきっぱなしの口の中に、長い舌を差し込んだ。

くちゅくちゅとかき回されると口の中がぽうっとあたたかくなる。上顎や舌を舐められるとぞくぞくした快感が生まれ、意識がとろんと溶けていく。

「んむ……っ、ふ、……ぁ、……ん、んっ」

「気持ちがいいな、リノ」

「う、んっ……、む、んんっ、ぁ、……ふ、……んぅ」

何度も唇を重ね直され、大胆に舐め回されると、喉や胸まで快感が広がった。じっとしていられなくて身をよじると、マウリシオは縫いとめるように腰を押しつけた。

途端に、ぶわりと熱が膨れ上がり、リノは仰け反って喘いだ。

「あ、ぁ……ッ、ん、あ、は、ぁッ」

マウリシオとつながったところが熱い。燃えるように感じる一番奥を、マウリシオは先端でこねるように刺激してくる。

「あぅっ、……だ、やぁっ、あぁっ、あつぃ……っ」

「きみは感じてるんだ、リノ。中の、この奥で気持ちがよくなっているんだよ。――少し引くから、楽にしてろ」

口づけを繰り返し、マウリシオはゆっくりと腰を引いた。ずっと灼熱の塊が抜けていく感触と同時に、ぼこぼこと硬いものが内壁をこすり、一瞬気が遠くなった。

「――ひ、……ぁ、ああ……ッ！」

快楽と呼ぶには激しい、痛みと錯覚するほどの刺激だった。マウリシオの肉杭が、粘膜を抉り取りながら抜けていくような。

がくがくと震えるリノの顔を、マウリシオはそっと撫でてくる。

「慣れるまではつらいよな。ネコ科の獣の性器は、挿入時に雌が逃げ出さないように、逆向きの棘が生えていることが多いんだ。暴れたり逃げたりすると痛むから、性交のあいだ雌はおとなしくなる。――その名残が、我々シスリア人の性器のかたちだ」

「――っ、ん、は、……あっ」

「棘ほど鋭くはないが、突起があって、抜けるときに強烈な感覚を相手に与える」

性器がまた入ってくる。最初よりずっとなめらかに奥まで進まれ、ぴったりと奥壁に先端が当

たると、じゅくりとそこが潤むのがわかった。一度強い刺激を与えられたせいか、リノの筒は大きくゆるみ、ぱっくり口をあけてマウリシオを受け入れている。

脱力し、小さく震えるリノの胸に、マウリシオは手を這わせた。

「数回繰り返せば身体が慣れて、溶けきってしまう。そうなれば出し入れされても快楽しか感じないから、頑張ってくれ」

「ん……、がんば、る、……っ、あ、ぁ、ぁあっ」

きゅんと乳首をつままれて、リノはあまい刺激に喘いだ。無意識に尻が上下して、自分から亀頭に奥壁をすりつけてしまう。

気持ちいい。奥をぐりぐりされると、熟れきったそこを満たしてもらうみたいで、たまらなく――いい。

「気持ちいいか？　もう馴染んできているようで嬉しいよ」

上気しきったリノの顔を見つめ、マウリシオは再度腰を引いた。

「――ッ、は、あ、ああっ、あ、ああッ」

ぼこぼこ、ごりごりと抉られるのが、今度は明確な快感だった。噴き上がる愉悦に目の奥までちかちかと火花が舞い、リノはきつく仰け反った。溶けたと思っていた体内がさらにどろどろとかたちをなくしていくようだ。

そこをまた、太く確かなマウリシオの一部が、しっかりと埋めるように挿入される。

「っ、は、ぁっ、ん……っ、ん、あぁ、……っ、は、ん……っ」

引いて、入れて。引いて、入れて――繰り返すうちに痺れに似た快感は高まっていく。ずん、と強く突き上げられると全身が痙攣し、それがたまらない快楽だった。

熱くて痒くて、うずうずするところを、マウリシオが穿って塞いでくれている。ぴったり嵌まり込んで満たしてくれるこの気持ちいい塊を、ずっと入れていてほしい。

「あっ……これ、……っ、すご、……あ、あッ」

「ああ、すごいなリノ。私もこんなに気持ちいいのは初めてだよ」

蕩けきり、半ば意識を飛ばしたリノを見下ろして、マウリシオは下腹部を撫でた。

「そろそろ出そう。初めてのリノが明日立てなくなると可哀想だからね」

「ふ、ぁっ、……、あぁっ、いっ、アッ、ああっ！」

速いリズムで穿たれて、身体が弾むように揺れた。奥が破れてしまいそうな勢いで突かれ、壊れちゃう、と本能で感じる。けれどそれは恐怖ではなく、期待に近かった。

突き破ってでも入り込んで、なかにほしい。

自然とうねって雄を食いしめる内襞の中を、マウリシオはなおもピストンし、そうして奥で動きをとめた。ぶるりと大きく震えた性器からたっぷりと白濁が放たれる。

薄い紙に水が滲みとおるように、重たい子種が体内に広がるのがわかって、リノはくらりとして息をつめた。

出されている奥がかたちなく崩れていく錯覚があまく神経を焼き、ひくひくと全身が波打つ。それは子種を放出するのとは別の、どこまでも昇りつめていくような絶頂だった。

声もなく透明な体液をこぼし、リノは長々と子種を放たれたあとも、消えない愉悦の中を漂っていた。


十月。秋を迎えたカリフ王国は晴天が続き、空気が爽やかで、首都コリドでも過ごしやすい日が続いていた。

ラナスルよりも整然として美しい首都のなかでも、もっとも美しいといわれるのは宮殿の隣にある大きな神殿だ。

白と赤の石を組みあわせた荘厳な建物で、普段は神聖な静かさと冷涼な空気で満たされているのだが、今日はその大きな空間に、たくさんの人が集まっていた。

人々のあいだをまっすぐに貫く絨毯を前に、リノはがちがちに緊張していた。

真っ白な花嫁衣装はともかく、つけられた首飾りはきらびやかな宝石がいくつもついていて重たい。頭には薄いベールがつけられていて、たぶん全然似合っていないだろう。それだけでも緊張するのに、こんなに大勢の人がつめかけているとは思わなくて、足が竦んでしまう。

この絨毯を通り抜け、シスリア皇帝の前に出て、結婚が宣言されてしまえば、二度と後戻りはできないのだ。

「大丈夫ですよリノ様。どうぞ私の腕に摑まって、ゆっくり歩いてください」

励ますように声をかけてくれたのは、初老のシスリア人の男性だ。

逮捕され、本国で投獄されたナスーリにかわって、マウリシオが呼び寄せた新しい副官の男で、昔からマウリシオに仕えていた人なのだそうだ。名前はシナンといって、リノにも最初から好意的だった。

「歩くのは、後宮でもこんな感じの服だったから大丈夫だと思うけど。……こんなに人がいると思わなくて」

「それも大丈夫でございます。皆様、マウリシオ様とリノ様の結婚を見届ける証人ではございますが、お認めになるのは我がシスリア皇帝アグスティン様ですし、アグスティン様はリノ様のことを気に入ってくださっているでしょう?」

「――うん」

リノは先月引きあわされたシスリア皇帝を思い出して赤くなった。

ベリア半島の村人なんか絶対にいやがられると思っていたのに、皇帝アグスティンは思っていたのとは全然違う人物だった。なんというか――思った以上に適当というか、豪胆というか。

彼は、マウリシオがリノを正妃に迎えるつもりだと言うと、「好きにしなさい」とあっさり許可してしまった。

理由を聞けば、もともと後継者作りにも政治にも乗り気ではなかったマウリシオがやる気になったのなら相手が誰でもありがたい、ということで、リノはひそかに感心してしまった。

マウリシオ自身が「絶対に大丈夫」と言っていた理由と、父親であるアグスティンが認めてくれた理由が同じだ、というのは、信頼関係のある親子である証のように思えたのだ。

もっとも、アグスティンはリノに向かって、こうも言った。

「それに、私は息子のことを信じているからね。成人した息子が自分で決断したことは尊重する。尊重できるだけの教育は受けさせてきたつもりだから、結果が失敗になったとしたら、それは私の責任でしかない」

そう言ってマウリシオを見やる皇帝の目は穏やかで、マウリシオの父親なのだなと実感できた。二人いる兄たちは皇帝よりは真面目そうな印象だったけれど、その彼らでさえリノではだめだとは言わなかった。

唯一不安なのは、リノがイングラード王家の血を引いていると知れてしまったら、ということだったが、マウリシオはそれもちゃんと解決してくれていた。コンラッドという名前は西の国でも使われているからと、西の外国の男が父親だという戸籍を作ってくれたのだ。

（あとは、ボリバルが……変なことをしなきゃいいけど）

気がかりではあるものの、マウリシオが大丈夫だと言う以上、リノにできることはないまま、今日という日を迎えてしまった。

「俺、王様の結婚までって、もっと時間かかるのかと思ってた」

ぽつんと呟くと、シナンはにこにこした。

「そういう場合もございますが、マウリシオ様がすぐにでもと急いでおいででしたから。それに、アグスティン様としても急いでほしかったのだと思いますよ。せっかくマウリシオ様がその気になったのに、気が変わったりしては困りますからね」

「……なんか、みんなの話を聞いていると、マウリシオってろくでなしみたいだよね」

「そんなことはございませんよ。とても優秀な方ですが、優秀すぎて、世俗のことにはあまり本気になれなかっただけでございます」

シナンはあたたかな眼差しでリノを見つめてくる。

「ご結婚を前に不安になられるリノ様のお気持ちもわかりますが、そのような方に愛されて、よい変化を与えたのはリノ様なのですから、自信を持ってお進みください」

「――うん」

自分がマウリシオを変えたとは思わない。たぶんリノがいなくても、マウリシオは王としてちゃんと責務を果たしただろう。

でも、愛されていることだけは、わかっているつもりだった。

(じゃなかったら、俺なんか選ぶはずがないもの。もっと楽でふさわしい相手がいて、でも俺が

いいって言ってくれるんだから）

そしてリノ自身も、マウリシオがいい。寂しさを埋めてもらうのも、苦労をともにするのも、来年またマーマレードを一緒に食べるのも、マウリシオがいいのだ。

（……大丈夫）

長く続く絨毯の先で待ち受けているマウリシオを見つめ、リノはシナンに支えてもらいながら一歩踏み出した。

居並ぶシスリア人貴族の中を進み、シナンの手からマウリシオの手に摑まり直して、高い壇に上がる。

壇上ではアグスティン皇帝が待ち受けていて、二人で彼の前に進むと、マウリシオが静かに宣言した。

「今日このときより、リノを私の妻とし、ともにカリフ王国、シスリア帝国の繁栄に身を捧げることを、神と皇帝、民の前で誓います」

「認める」

すっと錫杖をかかげたアグスティン皇帝の声に続けて、会場中から「認める」と声が湧いた。ほとんど歓声のようなその唱和が、石の壁に跳ね返って幾重にもこだました。

うねるような音の中で、リノはマウリシオに抱き寄せられた。そっとベールを取り払われ、かわりにきらきら輝くティアラを頭に載せられる。

「リノ」

呼ばれて、リノは顔を上げた。

あんなに緊張していて、不安が拭いきれなかったのに、マウリシオと見つめあうと心が凪いだ。

金色の、豹の瞳がリノを見つめている。ここまで来たら引き返すなどできるわけもないのに、マウリシオは二人にしか聞こえない声で尋ねた。

「怖くないか?」

心配そうな口調はいつもの彼のそれだ。マウリシオらしいなあ、と微笑みそうになりながら、リノは長い服の下で踵を上げた。

「――大丈夫」

唇を差し出し、目を閉じる。

あなたのものにしてください、と願いをこめて待ち受けたリノに、マウリシオはそっと唇を重ねてくれた。

あたたかく、労るように優しく、包むような口づけだった。

わあっと湧く祝福の声を受け、抱きしめられて口づけを終えると、マウリシオはリノの手を引いた。神殿の奥の廊下を通って、宮殿のバルコニーに向かうのだ。そちらで今度は国民に向けて結婚の事実が告げられ、集まった人たちの祝福に応えることになっていた。

しんと静まった暗い廊下を通りながら、マウリシオは気遣うようにリノの顔を覗き込んでくる。

「緊張しているみたいだな」

「そりゃ、少しはするよ。マウリシオのお父さんとかには喜んでもらえたけど、いっぱいいた貴族の人全員が心から祝福してるわけじゃないと思うし」

「うーん、リノはしっかり者だな」

「……それに、マウリシオが結婚したのが俺だってわかったら、ボリバルだってなにするかわかんないし」

「ナスーリが脅していたようだから、大丈夫だろう」

マウリシオはだいたいが楽観的だ。リノがちょっと顔をしかめると、マウリシオは気づいて笑った。

「大丈夫だよ。打てる手は打ってある、リノは安心していなさい」

「でも――」

「リノはもうちょっと私を信用してくれてもいいんだぞ？」

冗談めかして抱き寄せ、マウリシオは耳元に口づけた。

「リノを幸せにするためなら、私は努力を惜しまない」

「信じてるけどさ。……でも、カリフの人たちだって、俺のことはお妃にふさわしくないって思ってるかもしれないし」

「それも大丈夫だよ。なんでも、歌が作られる勢いらしい」

暗い廊下の先が見えてくる。宮殿の中に入り、明るい控えの間でティアラの位置を直され、花束を受け取るあいだに、マウリシオは教えてくれた。

「私とリノの出会いがロマンチックだと噂になって、街の人間たちはうっとりしているらしいぞ。なかでも若い娘が喜んでいるとカメリアが教えてくれた。王に見初《みそ》められて恋をして、妻に迎えられる物語は夢があるからって」

「……たしかに、夢はあるかもね」

改めて自分で振り返っても信じがたい。観光客相手に高値で果物を売りつけていたら王様がやってきて、街案内を頼まれて、お互い恋に落ちてしまうなんて。

「憧れの歌の主人公を一目見たいというので、宮殿前の広場は人が入りきらないくらいになりそうだとシナンは言っていたから、バルコニーから見れば彼女の話が本当かすぐにわかるさ。行こう」

やんわりと手を引かれ、リノはどきどきしながら開けられた窓の外に出た。

途端に、どよめくような声の波が、下の広場から聞こえてきた。

清涼な秋の太陽が降り注ぐ広場は、本当に人で埋め尽くされていた。マウリシオと並んだリノを見て、誰かが「カリフ国王万歳！」と声を張りあげる。

それを合図にしたかのように、いっせいに白いものが舞った。

「お妃様万歳！」

「お妃様万歳！」

うねる祝いの声の中を舞う細かい白いかけらは、よく見れば花だ。

「――これ、オレンジの花だ」

秋に咲く二度目のオレンジの花を、みんなが籠に入れて持っていて、それを振りまいているのだった。風に乗って、ほろ苦くも甘い、清らかな芳香が漂ってくる。

「リノと私を祝福するにはぴったりの花だな。――マーマレードは、秋に実をつけるのでもおいしくできるのか？」

晴れの日を祝って顔を輝かせている多くの民衆に向かって手を上げて応えつつ、マウリシオはリノを抱き寄せてくる。こんなときなのに、とリノは笑いそうになり、ふわりと幸福な気持ちになった。

そうだ。この人といるならきっと、なにがあっても大丈夫。

「秋に取れるのでもおいしくできるよ。――また作る」

「楽しみだ。いっぱい作って、いっぱい食べよう」

ごく幸せそうに微笑んで、マウリシオはリノと向きあった。

「改めて誓うよ。きみを生涯愛して、大切にする」

「……俺も、マウリシオのことを、ずっと大事にする」

「お互い約束だな」

「うん――」

途切れることなく舞う白い花が、まるで父の日記で読んだ「雪」のようだ。

いつかは雪の降る場所にもマウリシオと行けるだろうかと思いながら、リノはマウリシオの腕の中で口づけを受けとめた。

妃は寵愛されて宝を孕む

CROSS NOVELS

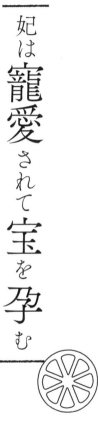

二月はラナスルでも、もっとも気温が下がる時期だ。

一年を通して暖かい土地だから、寒くてこごえるということはないが、石造りの建物の中だと朝や夜は肌寒く感じる日もある。

アルアミラ宮殿の奥深く、王の寝室では床にふかふかの毛皮が敷かれ、ベッドの上掛けにもあたたかい毛布が追加され、寒く感じるときにはさらに重ねられるよう、予備の掛けものも用意されていた。

が、リノはその予備を使ったことは、まだ一度もなかった。

なぜなら、毎晩マウリシオと一緒に眠っているせいで、寒く感じる余地などないからだった。

「……っ、待っ、マウリ、シオ、まだっ……」

「もう馴染んでいるはずだ」

「じゃなくてっ、ま、まだい……いってる、からっ」

リノはマウリシオの膝の上に抱き上げられていた。背中を彼に預ける格好で、一糸まとわぬ裸の肌には汗が浮かんでいる。朝だというのに、もう二度も子種を放出させられたあとなのだ。

「夜もした、だろ……っ、も、抜い、て、よ……っ」

「だが、吸いついてきている」

マウリシオは腰に豹の尻尾を這わせてくる。太くて長い尻尾が、彼の分身を呑み込んだ下腹部を優しく叩き、リノはびくんと震えた。

「うっん、あっ、や、叩いたら、っあ、あッ」

「こんなにうねってるんだ、逆にこのままじっとしていたほうがつらい。動かすよ」

優しいがかけらも譲る気配のない声で言って、マウリシオはリノの脚を抱えた。軽々とリノの身体を持ち上げて、自らのものが出入りするように上下させる。

「待っ――っ、あ、ああっ、あー……っ、は、んッ」

下から太い楔で貫かれ、リノはマウリシオの肩に後頭部をこすりつけて身を反らせた。

後ろから膝に抱き上げられる、この体勢でマウリシオを受け入れると、深々と入ってしまうのだ。奥壁をきつく押し上げられることになり、貫通されてしまいそうな危うさで、全身がきゅんと竦む心地がする。

「っ、だ、めっ、入るっ……やぶけ、るっ、あ、ああッ」

「大丈夫、まだこれより奥には挿入しない。だが、感じるだろう？」

休みなくリノを揺さぶりながら、マウリシオはリノの耳朶を食んだ。豹の鋭い牙が、傷つけない強さで食い込んで、それにもぞくぞくと快感が走る。

「は、……ふぁっ、――ッ、あっ、だめだって、あ、歩け、なく、あ、あっ」

「昨日も朝したが、ちゃんと歩けたはずだ。ほら、協力しないと終わらないよ、リノ」

ぐちゅ、ぐちゅ、と潰される深いところが、寒気がするほど気持ちいい。ふうっと意識が遠のくような、身体中が空まで飛んでいきそうな感覚が襲ってきて、リノは無意識に力を込めた。

（いっちゃう……っ、子種、出ないままいっちゃう……っ）

——最近、怖いのだ。子種を放出しない、後ろの孔だけでの極め方をすると、そのあとがつらい。マウリシオのものを抜かれたあとの喪失感がすごくて、もう一度ほしくなってしまう。入れられ、突かれ、たっぷりと内壁をこすられて、奥に子種を注いでほしい、と感じて、せつないくらいに腹の奥が疼く。

その感覚は日を追うごと、あの絶頂を味わうごとに強くなってきていて、油断すると自分からねだりそうになる。たとえば前の夜極めると、翌日も甘ったるく身体が重くて、マウリシオが隣にいないあいだは泣きたくなるほどだった。

このままだといずれ、もっとして、入れて抜かないで、とせがんでしまいそうで、リノを不安にさせていた。

マウリシオだって忙しいのに、大事に愛してもらってもまだ足りないだなんて——とても口には出せない。なのに身体はどうしても反応してしまい、言わずとも気づいてくれるマウリシオは最近、こうして朝にも愛してくれるようになった。

「リノ、我慢はしないと、最初に教えたはずだ」

ずぷっ、と己を収め、マウリシオは尻尾でくすぐるように胸を撫でた。

「声も、身体がゆるむのも、我慢したり逆らったりすることはない。もっと蕩けてごらん」

「っ、でも、……っ、あ……っ、あ、それ、や、……っ、あ、ア、アッ」

「そう、ここをやわらかくして――いいよ、リノ。自分でお尻を振ってしまうくらい、気持ちよくなるんだ」

「――っあ、あっ、……は、ぁっ、ん、あ、ぁッ」

弱いところを突かれ、あやしながら愛撫されれば、堪えようとしても堪えきれない。どっと奥がゆるむのが自分でもわかり、そこをじゅぷじゅぷかき回されるとひとたまりもなかった。いく、と感じるより早く、意識が真っ白になって、下腹部がせつなく締まる。

そこをさらに穿ち、マウリシオがたっぷりと精を放つと、手足の感覚まで遠くなった。注がれる熱い子種だけをくっきり感じながら、落ちるようにも飛ぶようにも思える浮遊感を味わう。

やがてマウリシオの砲身を引き抜かれても余韻は抜けず、リノはぐったりとベッドに沈み込んだ。

「……きょ、は……カメリアが、来る、のに……」

「約束の時間はまだ二時間も先だろう。少し休めば大丈夫だよ。朝食と飲み物は運ばせるから、落ち着くまでしっかり横になっていなさい」

まだときどき身体がぴくりと跳ねてしまうリノとは違って、マウリシオはもう平然としていた。黒豹の頭部を持つシスリア人だから、体力が違うのかもしれない。満足げで清々しくさえ思える彼の顔を見上げると、マウリシオは身をかがめて口づけしてくれた。

「仕事でカメリアに会えないのは残念だ。なにを話したか、夜に聞かせてくれ」

「――うん。仕事頑張ってね」

二度口づけて部屋を出ていくマウリシオを見送って、リノはだるい下腹部を押さえた。

自分から欲情してしまいそうになるくらい、マウリシオに抱かれて身体は変わったと思う。子種は何度注がれたかわからないほどで、もし身ごもれるなら、そろそろ授かってもいいような気がする。

だが、それらしい兆候はまだひとつもない。大事なお妃だからと専任の医者が診てくれているが、毎週の診察でも「まだのようですね」と言われるだけで、リノはそれにも、かすかな不安を覚えていた。

もしかしたら、男でも身ごもるというのは半分は嘘で、全員が身ごもるということではないのではないだろうか。なにか才能みたいなものがあって、リノには身ごもる能力がないのかもしれない。

マウリシオと結ばれるまでは、自慰――それが自ら扱いて子種を放出する行為だと、リノは医者に教えてもらったのだが、それすらしたことがなかった。村娘に対してそういう気持ちになったこともないと言ったら、医者は絶句していた。普通なら、もっと早くにそういう欲望を覚えるはずだと言うのだ。

リノにも十分気を使ってくれる彼は、リノは栄養状態がよくなかったせいだろうと言い、「だから変化が遅いのかもしれませんね」と慰めてくれたが、変化が遅いのではなく、「変化できない」

のかもしれないと思えば、不安にならざるを得なかった。

せっかくマウリシオが妃にしてくれたのに、子供が産めなかったら申し訳ない。

産めるといいんだけどな、と思いながら、リノはしばらくベッドから起き上がれなかった。


不安があるせいか事後のだるさはなかなか抜けず、リノは結局、約束の時間から三十分も遅れて、久しぶりの後宮に足を踏み入れた。

マウリシオが「ほかに妻を持つつもりはない」と宣言しているので、後宮には誰も住んでいない。四つの塔は無人でがらんとしているのだが、昼間はリノが勉強を教えてもらうために使っている。ずいぶん贅沢な使い方だと思うが、今日はハル・パハロに客人を迎えることになっていた。

変わらずに立っている衛兵に挨拶して広間に入ると、長椅子に腰かけていたカメリアが立ち上がった。

「リノ、久しぶり！」

「カメリア」

久しぶりに会うカメリアは、後宮にいたころとは違い、豪華な黒いドレスを身につけていた。

リノを迎えてぎゅっと抱き寄せてくれた彼女は、リノをじろじろと眺め回した。

「思ったより質素な格好なのね、お妃様なのに」

「式典とのきとかは俺も黒いのに宝石とかつけられるんだけど、普段はもうちょっと動きやすいのにしてくれって言ったら、こうなったんだ」

リノは後宮にいたころと同じように、白いシスリア風の服を着ている。さすがに平民のようなシャツとズボンというわけにはいかないが、裾は短くしてもらえたので、歩くのは格段に楽だ。

裾をつまんで見せると、カメリアはにんまりと笑みを浮かべる。

「たしかに、この服じゃないと脱がせにくいものね、マウリシオ様が」

「っ、ぬ、脱がせるってなんで」

「聞いたわよぅ、マウリシオ様が朝もリノを離してくれなかったんですって？　約束の時間に遅れちゃうくらい愛されるだなんて、ご寵愛《ちようあい》を一身に受けるのも大変ね」

「なっ……誰にそんなこと聞いたんだよ！」

リノは真っ赤になってカメリアを押しのけた。

「遅れたのは悪かったけど、これは……違くて。マウリシオは二時間前には仕事に行ったけど、たまたま俺が……その、起き上がれなかっただけで」

「ちょっと、本当に朝まで抱かれてたの？」

あたたかそうな毛飾りのついた扇子を広げ、カメリアは呆れた顔をした。

「カマをかけただけだったのに、起き上がれないくらいやられちゃったのね」

「――カ、カマをかけるの、よくないと思う」

リノはそう言うのが精いっぱいだった。

いたたまれなくて首筋まで熱い。誤魔化すように女官に合図して、お茶を運んでもらうと、カメリアと向かいあって座る。

お茶と一緒に並んだのはビスケットと、リノの好きなトリハと、冬のはじめにたっぷり作ったマーマレードだ。

カメリアはマーマレードをたっぷり載せたビスケットをおいしそうに食べた。

「ん、やっぱりおいしいわ。気になってたから、このあいだうちの料理人にリノの言ってたコツを伝えて作ってもらったんだけど、やっぱりこんなにおいしくはなかったのよね」

「あのとき、コツを最後まで伝えられなかったから。煮るときの水の量とか、蜂蜜を加えるタイミングとか、よかったら紙に書くよ」

「あら、ありがと、嬉しいわ。……あんた、字なんか書けるようになったのね」

「まだ間違うけどね。カメリアこそ、行くあてがないなんて言ってたくせに、結婚したなんてすごいよ」

「あたしがその気になれば結婚くらいいくらでもできるのよ」

婉然《えんぜん》と微笑むカメリアは、ナスーリのあの事件のあと、リノが頼んだとおりにお咎《とが》めもなく、後宮を去っていた。

その後もマウリシオとは連絡を取っていたようで、リノは結婚した直後に、彼女もシスリア人の貴族と結婚したのだと教えられた。首都の宮殿に勤める高官だそうで、今日は正式に、リノの友人として遊びに来てくれたのだ。

カメリアはもうひとつビスケットをつまむと、お茶のカップを片手にリノを見た。

「それで、頼まれていたあんたの養父のことだけど」

「ど、どうだった？」

リノは身を乗り出した。

マウリシオは大丈夫だと言うばかりで、それを信じないわけではなかったが、リノはやっぱり心配だった。ボリバルは悪どい人間だ。それほど知恵が回るわけではないが、その分、なにをしでかすかわからない。

「マウリシオ様がひそかに見張る人をつけていたみたいだけど、その甲斐はあんまりなかったみたい。お金が手に入って気が大きくなったんでしょうね。街の高級な酒場でいばり散らして、喧《けん》嘩《か》になって投獄されてたわ。あんたが後宮入りしてすぐにね」

「……そうなんだ」

リノはため息をついた。だいたい予想どおりだ。宮殿に怒鳴り込んでこないだけましだと思っていたが、絶対なにかやらかすと思っていたのだ。村の酒場ならともかく、シスリア人とも懇意な人間が出入りするような酒場で喧嘩なんかすれば、捕まるのは当たり前だ。

「ボリバルは投獄されても威張《いば》っていたみたいだけど、まあ喧嘩だからすぐ釈放されたのね。でも捕まったことに腹を立てて、シスリア人に報復してやるとか言って、ジバに協力を頼んだらしいんだけど、ジバは突き放したらしいわ。そりゃそうよね、宮殿の人間にはジバだって盾つきたくないもの」

「——うん」

「ラナスルではジバって実力者でしょ。手下がちょっと気を利かせて痛い思いをさせたみたいでね、ボリバルはそれですっかりおとなしくなったんですって。その上、村でも相手にされなくなっちゃったの。あのジバが見限ったってなったら、みんなボリバルに怯えなくなって、冷たく接するようになったみたい」

「……そっか」

「自業自得よね、自分の力でもないのに威張り散らして、リノにはつらくあたってたんだもの。でも、ボリバルもその状況はだいぶこたえたみたい。今は誰にも相手にされなくて、ただ毎日飲んでばっかりいるんだって。あたし、村の酒場まで見にいったんだけどね。酒浸りすぎて、正気のときがないくらいなの。あんたがお妃になったことも知らず、あんたとあんたのお母さんに呪詛の言葉ばっかり吐いてたわ。自分が今飲んでる酒のお金だって、リノのおかげなのにね」

カメリアは肩を竦めた。

「一応でもあんたの身内だけど、あんな養い親、さっさと見限っちゃえばよかったのよ。ひどいろくでなしじゃないの」

「……うん。俺も好きじゃなかったけど」

もしかしたら愛されているのかもと思っていたのだ、とは言えなかった。家を出てもう半年以上が過ぎたのに、恨み言を言われていると聞くと、ひどくやるせない気分になる。

カメリアはリノの顔を見て、気遣わしげに首をかしげた。

「リノ、もしかしてボリバルに会いたいの？　あたしはやめといたほうがいいと思うわ」

「会いたいわけじゃないよ。ただなんか、……寂しいなと思って」

ボリバルも、もし運命だと感じるような相手と出会っていたら、あんなふうにはならなかったかもしれない。

そう思えば、うんざりはしても、憎むことはできそうもなかった。

「リノのそういう、見かけによらず無駄に優しいところは美徳だと思うけど、世の中には根っからの悪人だっているものよ」

カメリアは優しい表情になって、リノの隣に座り直した。

「あんたには悪いことしたって思うから、これは忠告。ろくでなしの養い親なんか忘れて、愛しのマウリシオ様との幸せな未来のことだけ考えておくほうがいいわ。あいつのことなら、なにがあっても、マウリシオ様がどうにかしてくれるはずだもの」

「——うん。そうだよね」

「余計なことばっかり気にかけてるから、赤ちゃんだってできないのよ」

カメリアはいたずらっぽくリノの下腹部に手を伸ばしてきて、穏やかにそこを撫でてくれた。

「待ち合わせに遅刻するくらい抱いていただいてるのにねえ」

「遅れたのはごめんってば。……でも」

くすぐったい彼女の抱擁を受けながら、リノはもう一度ため息をついた。

「やっぱり、俺の身体がよくないんだよね、きっと。シナンさんにも、お義父様にも早く子供の顔が見たいって言われてるのに」

「シナンって、ナスーリの後任の人よね。マウリシオ様の副官の」

「うん。マウリシオ様の大事な人だからって、俺にもすごくよくしてくれるんだけど――結婚してからもう四か月だし、その、最初に結ばれてからだともう半年なのに、兆しもないのは、遅いみたいで」

「子供って授かりものだから、仕方ないけどね」

慰めてくれたカメリアは、にやぁ、と笑みを浮かべた。

「でも、そんなふうにしょげてるってことは、リノも赤ちゃんほしいのね?」

「ほしいっていうか……産めるっていう実感はないけど、せっかくみんながお妃になってもいいって認めてくれたんだし、マウリシオが俺を選んでくれたんだから、子供くらいは……頑張りたいと思って」

「リノって最初は懐かない猫みたいに見えたのに、すっかり健気になっちゃって」

俯いて膝の上で手を握りしめるリノに、カメリアはマーマレードをビスケットに載せて渡してくれた。

「ほら、甘いものでも食べてリラックスしなさいよ。こういうのは焦るとよくないのよ」

「そうなの？」

「そうよ、あたしは嘘はつかないわ」

「……嘘つき」

嘘ばっかりついてたじゃないかと思ったが、よく考えたらたしかに、嘘はついていないかもしれない。揶揄われたり、カマをかけられたり、薬を盛られたりはしたけれど、明確な嘘をつかれたことはないなと気づいて、リノはビスケットを口に入れた。

ほんのり苦くてたっぷり甘いマーマレードと、さくさくしたビスケットが口の中で溶けていく。

それをお茶で飲み込んで、リノは姉のように感じるカメリアを見つめた。

「俺がずーっと産めなくても、マウリシオ、がっかりしないかな」

カメリアは冗談を聞いたみたいに笑い転げた。

「可愛いこと言うわねえ。でもそういうのはちゃんと、マウリシオ様に言いなさいよ」

「そうだぞ、リノ」

急に後ろから咳払いが聞こえ、リノはどきっとして振り返った。

後ろにはいつのまにか、マウリシオが立っていて、リノを椅子ごしに抱きしめた。

「マウリシオっ……いつからいたんだよ。し、仕事は？」

「午前中の仕事は大急ぎですませてきた。ここに着いたのはほんの一分くらい前だよ。私もカメリアに会うのは久しぶりだし、リノとどんな話をするかどうしても気になってね」

ちゅ、と髪に口づけ、いたずらっぽく笑う。

「それに、やっぱり、マーマレードを食べたいじゃないか」

「マーマレードなら昨日も食べた——ん、ぅ、」

仰向かされて唇が重ねられ、リノは反射的に目を閉じた。少しざらついたマウリシオの長い舌が、愛おしそうにリノの舌を搦めとり、愛撫して離れていく。

「リノのマーマレードは毎日食べたいくらい好きなんだ。だが、マーマレードを食べたリノに口づけして味を分けてもらうのも格別だな」

「……っ、また、そういうことばっかり言って、カメリアもいるのに！」

「あたしは気にしないわ。そんなに嫌いじゃないのよ、仲のいい夫婦を見るのって」

いつのまにか向かいの椅子に戻ったカメリアは扇子をひらめかせている。彼女のかわりにリノの隣に陣取ったマウリシオは、肩を抱き寄せると真顔になった。

「リノのことだから、ボリバルの様子を知りたくてカメリアを呼んだんだと思うが」

「——気づいてたの？」

「きみを愛しているからね」

さらりとリノの髪を梳き、彼はじっとリノを見つめた。

「養父のことだが――ここ最近、体調が思わしくないと見張りの者から連絡があった」

「体調が……？」

「まともなものも食べずに酒ばかり飲んでいるからだろう。血を吐《は》く日もあるというから、シスリア帝国にある病院に入れたほうがいいと思う」

「シスリアの、病院――」

「カリフ国内の病院でもいいが、帝国のほうが安全だ。いろいろとね。……私としては、リノに長年つらい思いを強いた男だからいやだが、リノが会いたいというなら、シスリアの病院にも会いに行けるようにする」

会いたいか、と聞かれると、リノも返答に困る。

積極的に会いたいとは思わない。もう殴られはしないだろうが、きっと罵られるに違いなく、そんなボリバルを見たら惨めな気持ちになりそうだ。寂しい気持ち、と言い換えてもいい。

会いたくはない、と思ってから、リノはマウリシオにもたれた。

「きっと、ボリバルも寂しいと思う。だから、一回は会いに行きたいけど、病院に入るのは、あの人にもいいことだよね。ひとりで村にいるよりも」

「――そうだな。少なくとも、病院では無視はされない」

リノの腕をさすって、マウリシオは守るように頭に頬を押しつけてくる。

「では、すぐにでも手配しよう。これでリノも安心してくれるかな」

「うん。ありがとう」

「心配ごとがなくなったら、赤ちゃんもきっと来てくれるわね」

カメリアは立ち上がるとしとやかに一礼した。

「次に遊びに来たときは、楽しい話題を聞かせてもらうのを楽しみにしてるわ」

「カメリアも、ありがとう」

またね、とウインクして出ていく彼女を見送ると、マウリシオはマーマレードをつけたトリハをつまみ、リノを誘った。

「久しぶりに二人で庭に行かないか。見せたいものがある」

「なに、見せたいものって」

「いいものだよ」

笑うだけで教えてくれないマウリシオと手をつないで、後宮から庭に出る。

穏やかにあたたかい陽差しが注ぐ中、生け垣の迷路を抜けて連れていかれたのは、夏にも来たオレンジの庭だった。

「あ、樹が増えてる……花？」

リノは驚いて、庭の隅のほうにある樹に歩み寄った。

今は二月で、甘いオレンジはもちろん、苦オレンジも花の時期ではない。だが、その樹だけは、盛りのようにたっぷりと白い花をつけていた。

「苦オレンジの実もここでなったら、リノと収穫して一緒にマーマレード作りができると思ってな」

隣に並んだマウリシオが枝に手を伸ばした。

「一本植えてもらったんだが、時期が悪かったみたいで、花の時期には咲かなくてね。次の夏まではお預けかと思っていたら、咲きはじめたと数日前に庭師が教えてくれたんだ」

「……初めて見た、この時期に花が咲くなんて」

「きっと、いいことの前触れだよ」

低い枝についた花を摘んで、マウリシオはリノの耳のそばに挿した。

ふわりとオレンジの清涼な香りが舞う。慈しむ手つきで頬を撫でられ、リノは淡く唇をひらいて口づけを受けた。

暖かいが暑くはない気候だと、逞しくがっしりしたマウリシオに抱きしめられるのも、ことのほか安心感がある。その腕に身体を預けて、幸せそうに耳を横に寝かせた黒豹の顔を見上げる。

「いいことって……たとえば、子供ができる、とか？」

シナンにはときおり残念そうに言われるものの、マウリシオ本人から子供がほしいとせっつかれたことはない。ただ丹念に、時間をかけてリノを抱いてくれるだけだ。本心はどうなのだろう、と見つめると、マウリシオは目を細めて微笑した。

「そうだな、たとえば、ジェラルドがこっちまで遊びに来てくれるとか」

「そ……それは、あったら、俺も嬉しいけど」

拍子抜けして、リノは唇を尖らせた。たぶん、マウリシオはリノが気にしていることに気づいているはずなのだ。なのに、はぐらかされているみたいでもどかしい。

「マウリシオだってほしいんじゃないの、赤ちゃん。前から言ってたじゃん、既成事実を作ればみんなにも認められているだろうって」

誰も文句を言わないって」

「たしかに言ったが、あのときとは状況が違う。リノはもう私の妻で、みんなにも認められているだろう」

そっと腰を抱き直して、マウリシオは覗き込むように顔を近づけた。

「子供はできればもちろん嬉しいが、それはいつでもかまわないし、授かれないのならそれも受け入れるよ。リノが健康で、幸せに、私の隣にいてくれればいい」

「……マウリシオ」

「たったひとつ、現状に不満があるとすれば、リノから一度もねだられないことだな」

マウリシオは真面目で優しい顔のまま、鼻先に口づけた。

「あんなに秘所をとろとろにしているのに、リノからもっとだとか、もうほしいだとか、我慢できないから抱いてくれだとか言ってもらえない」

「なっ……なに言ってんだよ……っ」

リノはたちまち真っ赤になって顔を背けた。羞恥のせいか、じん、と腹の奥や受け入れるところが疼き、本当に潤みを帯びたような気がする。じゅわじゅわとお漏らしをしてしまいそうな、あの感覚だった。

「最初の……い、一番初めのときは、俺からしてって、言っただろ」

「だから、そのあとだよ。きちんと結ばれてからは一度もないだろう」

「だ、だって言う前に、マウリシオが……いっつも……」

「うむ。リノからおねだりはされたいんだが、きみを前にしていると私も我慢ができないんだ」

「——馬鹿」

なじって、リノはいっそう赤くなり、マウリシオの胸に顔を埋めた。

マウリシオが変なことを言うから、身体中が熱い。気づけば性器は硬くなりはじめていて、リノは膝をすりあわせた。

情欲を煽るような口づけをされたわけでもなく、ただ抱きしめて「ねだってほしい」と言われただけで、こんなふうになってしまうなんて、信じられない。

こんなところ、マウリシオには見せたくないのに——マウリシオは「リノ」と甘える声で呼んでくる。

「きみがカメリアにも相談するほど子供を望んでくれているとわかっただけでも、私はきみを抱きたくてたまらなくなるくらい嬉しいし、叶うなら一日中、きみを抱いて過ごしてみたいくらいだ。けだもののようだと自分でも思うが――リノは、求められるのはいやか？」

「……や、じゃない、よ」

震えそうな息をこぼして、リノは思いきって身体を押しつけた。

「さ、最近……すごく、されたい、って思う、ときがあって……その、今、も」

「ああ、勃《た》っているな」

嬉しげにリノの股間に手を添えたマウリシオは、ありがとう、と囁いて耳に口づけると、ウエストで結ぶ帯に手をかけた。しゅっと音をたててほどかれて、リノは慌てて押しのけようとした。

「ちょっと、ここ、庭……っ」

「今日は暖かいし、かまわないだろう？　大丈夫、汚れたり痛かったりしないように抱えてやるから」

「そういう心配してるんじゃなくて……誰か、人が、ん、あっ」

「宮殿の庭だ、誰も来ないよ」

侍従の人は来るじゃないか、と思ったが、肌を露わにされ、口づけされるとどうしても力が抜けた。息が弾んでいて、勃起した性器を長い指で握られれば声が溢れる。

「だ、めっ……すぐ、すぐ、出そ、うっ」

「もうこんなだものな。かまわないよ、出してごらん」

「か、かっちゃう、マウリシオの、服、っ、ん、あ、ああっ」

かぶりを振ったそばから極めてしまい、リノはとろとろと白濁を垂らした。朝もされたせいか、噴き出すほどの量はなく、ただマウリシオの手を汚す。

「……、あ、……っ、は、……ッ」

出たのに、熱は少しもおさまらなかった。下腹部が腫れたように感じられ、じりじりともどかしい、達する前の感覚が、身体の芯を支配している。

「なんでっ……こんな、……全然……っ」

「出しても、まだ熱い？　腹の奥がぞくぞくして、入れてほしい気持ちがしないか？」

マウリシオはリノに背中を樹へ預けさせ、片足をすくい上げた。ここに、と言って窄まりに指をあてがう。

「私のものを受け入れて、ひとつになりたい欲求はない？」

じっと見つめてくるマウリシオの金色の目は、蜂蜜のようにとろみを帯びてあまく見えた。名前を囁く音量で呼ばれ、きゅっと窄まりを押し上げられて、リノは自分の身体がかくりと崩れるのを感じた。

「——な、……、りた、い、っ」

恥ずかしさも忘れて、夢中で頷く。

「ほしっ……マウリシオっ……なか、ほし、い……っ」

もうひとりでは立っていられない。

どっと奥から蜜が溢れ出し、マウリシオの指を伝い落ちていく。

「素晴らしいなリノは。驚くくらい蜜を出してくれる」

ぐしゅり、と音をさせて指を押し込み、マウリシオはそこをゆっくりかき回した。内壁に指が触れ、びんびんと快感が脳天に響く。

「あッ、マウリ、シオッ、ああっ、なかっ、あ、ア……ッ」

「乳首も触っていないのに尖ったね。舐めてあげるから、もっと感じるといい」

「あ――ッ、～ッ、は、……あ、ぁッ」

ざらついた舌で乳首を搦めとられ、リノは身体を弓なりにした。

たった一本しか入れられていないマウリシオの指を、窄まりがせつなく締めつける。気持ちい。でも足りない。胸も、指で中をいじられるのも快感はくれるけれど――奥まで太いものであばかれ、埋められる幸福感には届かない。

「や、ぁっ……ほしい、ってば……っ、なかっ……、なか、に」

「奥にほしい？」

マウリシオはちゅるりと乳首を吸い上げる。突き抜けるような快感に悶えて、リノは何度も頷いた。

「おくっ……マウリシオ、のでっ……して……ぇ、」

甘えるように語尾が伸びて、けれどそれを恥じる余裕もなかった。しようとも思わないのに腰が揺れて、マウリシオの手に向けて尻を突き出してしまう。自分で指を出し入れする動きに、マウリシオは耳をぱたぱたと揺らした。

「どうやら、時期外れの花は本当に吉兆だったようだ」

「っな、に……？」

「やっとそのときが来たようだからね」

満足げに口づけをくれたマウリシオは、衣をかき分けて己を取り出した。すでにがっしりと天を向いた雄の象徴に、リノはごくりと喉を鳴らす。

見慣れたはずのマウリシオの分身が、いつにもまして逞しく感じられる。あのぼこぼこした突起を持つ性器が挿入され、リノの内部を行き来すると、どれだけの快楽を与えてくれるか知っているだけに——まだ受け入れていない肉壷が、期待で蠢く。

自然とほころんだ窄まりから、たっぷりと蜜が糸を引いた。

孔から粗相をしてしまっているような、えもいわれぬいたたまれなさと同時に、垂らしてしまうのは強烈な快感でもあった。

「あ、ぁ、……俺、なんか、へん、に……っ」

「変じゃないよリノ」

切っ先をあてがい、マウリシオはリノの髪を優しく撫でた。

「見てごらんリノ。リノの中からひっきりなしに蜜が溢れてきているだろう？　私のものにたくさん絡みついている」

「んっ……と、とまんな、くて……っ、あ、んっ」

「豹頭のシスリア人と契った者は、身体が変化する。子を授かれるようになるんだが、たった一度、一晩で変わってしまうわけではない。しっかりと子を育める準備が整うと、こうしてたくさん蜜が出るようになって、発情期を迎えるんだ」

「はつじょう、き」

ぴったりと孔を塞いで、今にも挿入されそうなところで焦らされたまま、リノは繰り返した。

「発情、って、それって」

「孕める合図だ。——つまりリノは、やっと私と実を結ぶ準備ができたということだよ」

言うなり、マウリシオはぐっと腰を突き入れた。ひと息に深々と雄が刺さり、リノは声もなく仰け反る。

「——ッ、……っ、は……っ」

ずぷずぷと、かつてないほどスムーズに、マウリシオが食い込んでくる。いくらもしないうちに先端が奥にぶつかって、二度三度と突かれるだけで、気の遠くなる絶頂が訪れた。

「あ、……っ、あ、ぁ……ッ」

波打つ身体を抱きすくめられながら、浮遊感に襲われる。

ひくひくと蠢いてしまう内壁に感じるマウリシオの硬さは鮮明なのに、手足は自分のものではないように遠く思える。

正体なくゆるみきったリノを、マウリシオは巧みに支えながら、ゆっくりと律動を開始した。ずるりと引き抜かれ、かっと体内が燃え上がる。火をつけられたように熱く、痒く、同時にぐっしょりと濡らされたような、激しい快感だった。

「や、ぁっ……っ、あ、またっ、あ、またい、くっ、いく……っ」

「何度でも達してかまわない。達するほど、私を欲するようになるからね」

震えて絡みつくリノの襞を巻き込みながら、マウリシオは己を奥へと入れてくる。ぐん、と奥壁が歪むほど深く入れられ、リノは透明な雫を性器から撒き散らして悶えた。

「いっ……あ、アッ、出、ちゃっ、や、あっ」

「潮だな。これもいい徴《しるし》だ。子種がなくなるくらい感じているということだから」

「ひ……んっ、あ、んんっ、あ、……ああ……ッ」

つらいくらい気持ちがよかった。抜けていくときのごりごりと抉られる感覚も、なめらかに打ち込まれて奥を突かれるのも、刺激でびしょびしょと透明なものが出てしまうのも。

マウリシオの律動にあわせて、結合部はぐちゅ、ぶちゅ、と激しい音を立てはじめていて、それが恥ずかしいのに、煽られる。

「ん、や、っ、と、まって、ああっ、また、出るから、ぁっ、あ、ア、ア……!」

なす術なく絶頂に追い上げられて、リノは小刻みに痙攣した。目も口も閉じられない。蕩けたように身体も意識もほどけきって、涙も涎もとめられなかった。

濡れた目元を拭い、口元は舌で優しく舐めて、マウリシオは囁いた。

「もう少し頑張ってくれ。これからが本番だからね」

「そ、んなっ……あ、ん、ぅっ」

これ以上なんてとても無理だ。限界まで極めて、もう壊れそうなのに。

なのにマウリシオはリノの脚を抱え直し、「いい子」だと微笑みかけてくる。

「楽にして。もっと深くまで、私を入れるからね」

「もっと、奥……?」

もう奥には突き当たっているのにと思った、直後だった。

狙いを定めたマウリシオが、半ば捻るように強く打ち込んできて、ビッ、と裂けたような気がした。

身体の真ん中から半分に、裂けてしまったような衝撃。

「〜ッ、ア、……、ハ、……ぁッ！」

一瞬強張った身体の芯に、まざまざとマウリシオを感じた。焼けつくほど熱い先端が、知覚したことのない深部に嵌まっている。

大きく丸く感じられるその部分にしっかりと入った先端は、震える肉の輪を抜けて一度引かれ、再度ずっぷりと収められた。

「——は、……っひ、……ッ」

苦しい、と感じたのはわずかなあいだだった。喉まで受け入れたような圧迫感は、あっというまに痺れをともなう快感にすりかわり、髪の先までリノを満たした。

「ッ、あ、あっ、す、ご、……っ、あっ、あ、ン、あァッ」

「この奥に種つけしなければ、子は生《な》せないんだ」

休みなくリノの奥の狭い肉輪を出入りしながら、マウリシオの声もかすれていた。

「ここがリノの、一番秘密の、愛の場所だ。私との宝を授かる部分だよ」

「たか、ら……っ、ア、んんっ」

「今まで以上に感じるはずだ、リノ」

額の髪を払い、マウリシオはそこに口づけてくれた。

「気持ちがよくて、溶けそうだろう？　苦しいのに、こうして何度でも愛されたい」

「んっ、……き、もちいっ、……あ、あッ」

揺さぶられ、リノはうわごとのように返した。

マウリシオが出入りするところが、煮えたぎったように熱い。あとからあとから快感が湧き、溢れて、ぐっしょりとリノを濡らしていく。

「あッ……ん、あぁっ、きも、ちいっ……、い、い……ッ」

「気持ちよくてたまらなくて、でももっとほしいだろう?」

「ふ、ぁっ、んっ、ほし……、もっと、……っあ、ぁッ」

「種つけは?　されたい?」

「う、ぁっ……さ、された、……あ、ひ、んッ」

身体が持ち上がるほど強く穿たれ、リノは放り出されたような絶頂を味わいながら口走った。

「してっ……種つけっ……し、て……っ」

「愛してる、リノ」

ほっとしたようにリノを支え直し、マウリシオはかるく腰を引いた。抜けていくときのぞくぞくする快感に見舞われ、ああ来る、とリノは思う。

奥に来る。出されるだけでリノを浮遊する天国に連れていってくれるあの子種が、奥に注がれるのだ。

ああ、とため息のような喘ぎをこぼしたリノを、力強さを増した雄蕊《ゆうずい》が貫く。

「あ、——ッ、く、……ぁッ」

ぐらぐら身体を揺すぶられ、意識が霞んで拡散していく。

すでに気持ちいい、という感覚すらなかった。

ただ嬉しい。深い、蕩けるような喜びがあって、マウリシオの切っ先で穿たれる度に、甘えた声が出た。

「ッあ、……んあ、あっ……、く、んんっ、あ、あッ」

「リノ、もう少しだから耐えてくれ」

弾んで少し苦しげなマウリシオの声さえ愉悦になって、リノに流れ込んでくる。全然平気だよと言いたいのに言えなくて、リノはただ彼を受けとめた。

ほどなく、深々と貫いた位置でマウリシオが呻き、どっと熱い飛沫がリノの襞を濡らした。

それは半ば夢見心地のリノの錯覚だったかもしれない。呑み込んだマウリシオ自身のかたちさえもう曖昧で、ただ子種を注がれているという心地よさだけが、意識を支配していた。

最後まで注ぎきるように律動を繰り返したマウリシオは、終わると抜かないままリノを抱きしめてくれた。二人とも荒い息を吸いあうように、唇を重ねる。

これ以上ないほど、マウリシオとひとつになっている。永遠にこうしていたいほど満ち足りていて、リノはうっとり目を閉じた。

「リノ、大丈夫か?」

「……ん」

「これから七日は発情が続く。そのあいだは昼も夜もなく、こうして愛しあうんだ。……私の子を、産んでくれるな?」

身体はつながっているのに、マウリシオの声は遠慮するかのように控えめだ。マウリシオはよくリノに向かって自信を持てというようなことを言うくせに、彼のほうこそ、もっと自信を持って強引でもいいのに、とリノは思う。

でも、そういうところも好きだ。

「うん。もちろん、だよ……」

微笑み交じりに返事をして、リノは強烈な眠気に負けて声を途切れさせた。

マウリシオに口づけてあげたいのに、できない。でも、とても気分がいい。すごく清々しくて、愛おしくて、あたたかい気持ちだった。

マウリシオ、と呼びかけたつもりになって脱力し、リノはそのまま、眠りに落ちた。

一年後。

のどかで暖かいラナスルの二月、アルアミラ宮殿の奥にあるオレンジの庭園では、あの樹がまた、時期外れの花をつけていた。

甘く心地よい香りを振りまく花がいっぱいについた枝に向かって、リノの腕の中から小さな手が伸びる。

「あー、あ、ぁ」

「オレンジの花が好きなの？　お父さん似だね、エミリオは」

「いや、お母さん似だろう。エリザベスもほら、花をほしがってる。きみに似て、二人とも植物が好きなんだ」

すぐそばで小さな赤ちゃんを抱いたマウリシオが、嬉しそうに目を細めて眺めてくる。リノは腕の中のエミリオに花を摑ませてやり、マウリシオと笑みを交わした。

「どっちに似ても、オレンジの花が好きになるよね」

「私は花より実が好きだがな」

マウリシオは花を摘むと、抱いた子供の耳元に飾った。あー、と声をあげた子供たちは、互いに手を伸ばして握りあう。

リノが抱いているのがエミリオ。豹頭を持って生まれた男の子で、丸くて小さな耳もまだ短い尻尾もよく動く、元気な子供だ。

マウリシオが抱いているのがエリザベスで、金茶のやわらかい髪色に緑がかった金色の目をした女の子だ。

名前はそれぞれ、エミリオはシスリア皇帝が、エリザベスは学園都市トレーダにいるジェラルドがつけてくれた。

ボリバルは去年の夏に病院で息を引き取ったため、リノの父親がわりに子供の名付け親になってほしい、という頼みを、ジェラルドは快く引き受けてくれた。

初めての発情を迎えて七日間愛し尽くされたリノは、無事に身ごもり、十月《とつき》後には双子の赤ちゃんを産んだのだった。

身ごもっているあいだは、あまりにお腹が大きくて、こんなになるものだろうかとひそかに心配したのだが、医者が診断していたとおり、本当に二人生まれてきてびっくりした。

それも、こんなに可愛らしい、男の子と女の子だったのだから、マウリシオだけでなく、副官のシナンも、シスリア皇帝も大喜びしてくれた。マウリシオの兄たちからも祝いの品が届けられ、カリフ国内では一か月も祝いの旗がかかげられていた。

「もう少ししたら、二人を連れて月の広場に行ってみようか」

愛娘を優しくあやしながら、マウリシオはリノのことも抱き寄せてくる。ご機嫌できゃっきゃと笑いあっている息子と娘を見つめ、リノはくすぐったい思いで笑った。

「月の広場って、最近人気の観光場所らしいね」

なんでも、リノとマウリシオが出会った場所だからというので、恋が成就するというまことしやかな噂がたち、訪ねてくる若者が多いのだそうだ。

自分のことがおとぎ話のように語られるのは不思議な感じがするけれど、月の広場は懐かしい。

「行ったら目立ちそうだけど……俺も、行ってみたいな」

「私も懐かしい。それに、広場のご利益《りやく》で、エミリオやエリザベスにも素晴らしい恋が生まれるかもしれないし」

「まだ赤ん坊だよ、早すぎるだろ」

「将来のために、早めに願掛けしても悪くはないだろう。幸せになってもらわなきゃならないからね」

大切そうにエリザベスとエミリオに唇を押し当てたマウリシオは、慈愛に満ちた父親の顔をしている。

（マウリシオは、変わってるけど、すごく優しくていい人だ）

初めて出会ったときと同じことを、もっと深く、心から強く思う。

夜や昼間、仕事や勉強がある時間は乳母に預けているけれど、できるだけ自分たちで子育てしよう、と言ってくれたのはマウリシオだ。

「リノも家族がほしいだろう？　私も、子供と妻と一緒に、普通の家族の幸福を味わってみたいんだ」

そんな言い方で、しきたりとは違う育て方を選んでくれたのだ。

乳母が面倒を見るのが王家の慣習だと言われ、ひそかに自分で育てられないのが残念だったリノにとっては、この上ない贈り物だった。

包み込むように愛され、大切にされていると感じるから、マウリシオがこうして二人のあいだに生まれた宝を抱いているのを見ると、胸が高鳴る。どきどきと心臓が速くなって、でも同時に、たまらなくほっとするのだ。

見とれたリノの視線に気づいたように、マウリシオはリノにも口づける。

「それに、私の恋も叶えてもらわないと」

「マウリシオの？」

どういうことだろう、と首をかしげると、マウリシオは秘密を打ち明けるように耳元に顔を近づけた。

「リノが最近あまりにも綺麗だから、また恋をしてるんだ」

「……っ、なんだよ、それ」

また恋に落ちたかのようにマウリシオに見惚れていたのを悟られた気がして、リノはさあっと赤くなった。どきどきと胸が高鳴る感覚は、それこそ出会ったころのように、どこか甘酸っぱいせつなさと、深い嬉しさがある。

なんでこんなに好きなんだろう、と思いながら、リノは赤子を抱き直した。

「それなら、月の広場のご利益は必要ないと思う。……ずっと、好きだもん」

照れくさくて少しぶっきらぼうになった告白に、マウリシオは蕩けるように笑った。

「私もずっと愛しているよ。——さあ、中に入ってお茶にしよう。二人はミルクを飲んで、私とリノはマーマレードでおやつだ」

「ほんとに好きだよね、マーマレード」

戯れるように口づけを交わしあい、ぴったり寄り添って庭をあとにする。

幸せを運ぶオレンジの香りは、宮殿に戻ってもほのかに匂い続けて、いつまでも、リノの幸せを彩っていた。

クロスノベルスさんではじめましてになります、葵居《あおい》です。通算で三十五作品目となりました。よく読んでくださる方も初めましての方も、お手に取ってくださってありがとうございます。

今回のお話は、一昨年スペインに行った際に、アルハンブラ宮殿を歩きながらわくわくと妄想した物語がもとになっています。花の咲き乱れる庭や美しい幾何学模様、囲われていた女性たちの住んだ部屋や中庭の噴水、どこも本当に素敵でした……!

別の街でですが、旅行中に食べておいしかった海鮮スープとか、ガイドさんが言っていた「道端にあるオレンジは苦くて誰も食べないけど、イギリス人はマーマレードにすると美味しいって言うよ」(本当なんでしょうか……)という話など、いろんな小ネタも活かせて楽しい執筆でした。ちなみに私もマーマレードは苦めが好きです。

攻と受は今回も大好きな組み合わせにしてみました。マウリシオは誠実で身分の高い獣人で、当初からできたら黒豹にしたいなと思っていたのですが、担当さんに快くOKをいただけて、とても嬉しかったです。彼の側からの気持ちももっと書きたかったなあと思いつつ、入れきれなかったの

あとがき

で、よろしければ最後にご案内するブログのSSなどもチェックしてみてくださいね。

　リノは不幸な境遇だけど、ちゃんと前を向いて頑張れる子でありつつ、愛情には臆病なのが個人的にとても好きなところです。外見としてはマウリシオがネコ科なのですが、中身はリノのほうが猫っぽいかなと思います。人好きで、一度懐いたらわりと甘えっ子な猫さんです♪

　学園都市の街はトレドをモデルにしてみました。トレドも大好きな街です！　両親の恋模様やジェラルドとの友情を考えるのも楽しかったので、そこも楽しんでいただけているといいのですが。

　イラストはれの子《こ》先生にお願いすることができました。決して描きやすい話ではなかったと思うのですが、カバーや口絵のカラーイラストはもちろん、モノクロでも華やかに彩っていただきました。マウリシオやリノをれの子先生の絵で見ることができて幸せです。ちびっこたちも可愛くて可愛くて！　れの子先生、本当にありがとうございました。

　初めてご一緒するにもかかわらずプロットからいろいろと読みとってくださり、改稿や細かい修正も丁寧にみてくださった担当様にも、この場を借りてお礼申し上げます。本書作成にかかわってくださった皆様、販売流通の皆様もいつもありがとうございます！

そしてここまでおつきあいくださいました読者の皆様。

モデルにした場所はありますが、ファンタジーの世界のお話なので、どこか遠い異国の風を感じながら、美しい宮殿や街で育まれるロマンスに、ちょっとでもうっとりしていただけたらなと思っております。お読みいただきありがとうございました！

恒例おまけSSは攻め視点でお送りしますので、ご面倒かとは思いますが、どうぞブログも見てやってくださいませ。aoiyuyu.jugem.jp
どこか一か所だけでも楽しんでいただけて、またほかの本でもお会いできれば幸いです。

葵居ゆゆ

CROSS NOVELS同時発刊好評発売中

絶対に帰るから、俺を信じて。

龍王さまと純愛の花
～時を越えたつがい～

野原 滋　　Illust みずかねりょう

「子をたくさん作ろう。励むのだぞ」

異世界にトリップしてしまった大学生の竜一は、巨大な龍といきなり遭遇。

人型になり龍を統べる王ル・デュラと名乗った彼は、「つがい」である竜一を三百年間待ち続けていたと、突然熱烈な求婚をしてくる。

訳もわからず異世界での生活をスタートさせた竜一。

しかしかわいいちびっこのジジヤル・デュラと過ごす毎日がかけがえのないものになっていき……けれどある日、龍たちが何者かに襲われて!?

ドラマティック溺愛ファンタジー!

CROSS NOVELS をお買い上げいただき
ありがとうございます。
この本を読んだご意見・ご感想をお寄せください。

〒110-8625
東京都台東区東上野 2-8-7　笠倉出版社
CROSS NOVELS 編集部
「葵居ゆゆ先生」係／「れの子先生」係

CROSS NOVELS

黒豹王の寵愛マーマレード

著者

葵居ゆゆ

2020 年 3 月 23 日　初版発行　検印廃止

発行者　笠倉伸夫
発行所　株式会社　笠倉出版社
〒110-8625　東京都台東区東上野 2-8-7　笠倉ビル
[営業] TEL　0120-984-164
FAX　03-4355-1109
[編集] TEL　03-4355-1103
FAX　03-5846-3493
http://www.kasakura.co.jp/
振替口座　00130-9-75686
印刷　株式会社　光邦
装丁　河野直子（kawanote）
ISBN 978-4-7730-6026-3
Printed in Japan